好きよ、トウモロコシ。

中前結花

好きよ、トウモロコシ。

はじめに

幼い頃住んでいたマンションの敷地内には、「ビービーダン（BB弾）」というのがいたるところに落ちていた。駐車場のアスファルト、管理人室の前のタイル床、植え込みのなか……。文字にすると、なんだかおっかなくて弱ってしまうけれど、なんてことはない。プラスチックでできた、おもちゃの鉄砲玉だ。「イクラ」よりもほんのすこし小さくて、「とびこ」よりも大きい、丸い玉。

わたしはそれがなにかもわからずに、ただ無心で拾い集めている子どもだった。「メリーチョコレート」と書かれた赤色の宝箱にコレクションし、特別な日には、カーペットの上に広げては、ひとつ、ふたつ、と数える。

幼いわたしにとってそれは、なによりもカラフルでたのしい時間だった。

黄色や薄黄、それから白色のものが多かったけれど、たまに透き通ったピンクやグリーンを見つけたなら、わたしの胸はぴかぴかと光って高鳴る。

「お母さん、これは魔法の玉やねん」

「あらぁ、いっぱい集まったからいっぱい魔法が使えるねぇ」

「うん、そうやねん」

大きくなったら、歌手か、この玉を集める仕事に就こうと思っていた。それがわたしの夢だった。


そう、夢といえばもうひとつ。

うちのおもちゃ箱には、どこかの親戚からもらった「魔法のコンパクト」が入っていた。聞けば、それはわたしの知らない『ひみつのアッコちゃん』というひとのものらしかった。

「それは、誰やのん?」

母なりに一生懸命説明してくれてはいたのだろうけど、知らないひとのことだから、わたしにはアッコさんがよくわからない。

ただ小さな胸でも理解ができたのは、そのひとは魔法が使えるということ。そして、そのコンパクトを手のひらに乗せて「テクマクマヤコン!」と唱えれば、わたしも「なりたいものになれるらしい」ということだった。

「戻られへんようになったら、どうしよう」

とまずわたしは思った。それぐらいには、そのときの暮らしをなんというか気に入っていたのだ。けれども、

「そんな危ないものがおもちゃ箱に入っているわけないいか」

とも思った。両親には絶対の信頼があった気がする。

さて、ではなにに変身させてもらおうか。

知っている限りの「おとな」について、わたしはあれこれと考えていた。

誰になりたいだろう、誰になれば素敵だろうか。

よくよく考えた末、「お姫さま」も「お母さん」もいいなあと思った。

けれど、わたしが唱えたのは、やっぱり「歌手か、玉を集めるひとになりたい」ということだった。

それからコロコロ、ガラガラ、とずいぶん時は流れた。

たまにはサボったりもしたけれど、どちらかといえば、コツコツと頑張った方が多いこれまでだったように思う。

だけども、残念ながら、わたしは歌手にも玉を集めるひとにもなれなかった。

小さなわたしはがっかりするかもしれない。歌も歌わず、玉も拾わず、こんなふうに、とりとめもないことばかり机に向かって書いているなんて。

ちなみに、「お姫さま」にも「お母さん」にもやっぱりなることはできていない。

あのコンパクトに今のわたしが映ったなら、小さなあの子はいったいどう思うのだろうか。これじゃあ、「わたし」だとは気づいてはくれないかもしれない。そう考えるとき、いつも胸がきゅっとなるのだった。


けれども、どうだろうか。もしもミラー越しになにかおしえてあげられることがあるとすれば。

「案外、悪くないよ」

そう言ってあげたい気もしなくもない。だって、いま賢いひとたちが集まって「本物の魔法のコンパクト」を開発してくれたとしたって。きっと、わたしがまず考えるのは、

「戻られへんようになったら、どうしよう」

ということだろう。それぐらいには、なんというか毎日を気に入っている。

それに、お風呂では毎晩のように大きな声で鼻歌を歌っているし、秋になれば未だに公園のどんぐりを拾って、コートのポケットにしのばせたりもする。

趣味にしておくのも、案外悪くないわよ。

そういえば、去年の秋には
「代わりに拾っておいたよ。秋のお裾分けよ」

という手紙を添えて、友がたくさんのどんぐりを送ってくれたこともあった。

こんな毎日だもの。だからやっぱり、わたしは案外不満じゃない。

歌手のように歌を書くことはできないけれど。

どんぐりを拾うみたいに、プールのなかで宝探し遊びをするみたいに、ビービーダンを集めるみたいに。とりとめもないけど、わたしにはきらきら光って見えたもの。そんなものを集めてそっと書いてみようと、この本はそういうわけなのです。

小さいお話ばかりですが、噛めばほんのり甘いものも、もしかするとあるかもしれません。

中前結花

目次

「ぼく、賛成です」

反抗期なんて一度だってなかったくせに、その頃のわたしはちょっとばかり不機嫌だった。

東京で就職する、というのは自分で決めたことなのに、いざその日が近づいてみると、たまらなく不安でどうしようもなかったのだ。

友との別れを考えれば頭痛がしてしまうし、ちっとも勇気を出せないくせに、ずいぶん長々とアルバイト先のひとに想いを寄せていた。「もう二度と会えないかもしれない」と思うと、体のなかに焦りと諦めの気持ちが交互にモクモクと立ちこめてくる。

卒業シーズンらしくテレビから槇原敬之の『遠く遠く』なんかが流れると、わたしはチャンネルを変える。なにをするのも憂鬱であったし、なにより母と離れる自分を想像することができなかった。

わたしが、口を尖らせていつまでたっても準備を始めないせいで、

「東京に、部屋探しの旅行に行こか。二人で行ったらたのしいで」

と母が誘ってくれた。

この頃のわたしは、母にはなにか特殊な能力が備わっているのではないだろうか、と

疑っていた。例を挙げればきりがないけれど、たとえば「友だちとごはん食べてくる」と言うと、「これを持っていけば」と大きな袋を持たされたりした。不思議な顔で受け取ると、「帰ってきたらおしえてあげる」そう言って笑う。そして帰り道には、その袋は見事に餞別のプレゼントでいっぱいになっていた。鈍感なわたしは、さぞ驚かせやすかったろう。

いくつかの送別会を開かれるたび、大きな袋を抱えて、泣きながら家に帰った。母はそんなわたしをチャイムも鳴らしていないのに玄関先で出迎えて、「おかえり」と肩を抱いてくれる。同じ人間とは思えなかった。

「ここの不動産屋さんを予約しようか」

「水族館もプラネタリウムもあるんやって。ここに泊まろうよ」

女学生のようにはしゃぎながら母が予約したのは、池袋にある「サンシャインシティプリンスホテル」。娘の旅立ちがさみしくないのだろうか、と不思議に思うわたしだった。

右も左もわからない二人の東京旅行。池袋には不思議な格好のひとがたくさんいて、どちらともなく「大阪の日本橋に似てるなあ」と言い合った。

予約していた不動産屋さんをたずねると、テキパキとした男性が

「お待ちしておりました」

そう言いながら、椅子をふたつ上手に引いてくれる。わたしは、生まれてはじめて不動産屋さんというものに入った。座るなり、物件情報の束を見せてくれるのだけど、紙をめ

くるのが速くて目が追っつかない。これが東京のスピードなのだろうか。

「こういうところが、いいと思います」

お兄さんは、そう言ってひとつのページを指差した。今度は言われるがまま、車でそのマンションに向かうことになる。これもまた東京の速さなのだろう。

駐車場で車を停めるとき、バック駐車のハンドル捌きがあんまり見事だったから、母が「わあ、すごい」

と声を漏らした。

「そうでしょう」

とミラーに得意そうな顔が映って、車はスーッと静かに止まった。


考えていたよりも家賃がすこしばかり高いけれど、新築の部屋はどこもかしこも真っ白でピカピカだ。ツヤツヤの洗面台は、覗き込むと自分の顔が映りそうだ。オートロックで、ゴミ捨て場さえマンションの住人しか入れない。

「ここにしましょう」

急すぎやしないかと思ったけれど、断る理由も見つからなくて困ってしまう。

「あの……ここは、どこですか？」

ようやく尋ねると、

「タバタです」

とお兄さんは言った。

「タバタですか……」

余計に困ってしまった。タバタとは何なのだ。

すると、母は手帳の後ろに付いている東京の路線図を見ながら、

「なるほど、山手線に乗れば一本で原宿の会社に行けるんですね」

と知ったようなことを言って、お兄さんにそれを見せる。

「お母さま、その通りです！」

得意そうなお兄さんは、もっと得意そうな顔をしていた。タバタとはいったい何なのだろう。

帰り際、

「駅まで歩いてみてもいいですか？」

そう母が提案して、二人で駅までの十分ほどの道を歩くことになった。こじんまりとしたスーパーがあって、小さい商店が並ぶ通りを、ふらふらと歩く。アーケードをくぐり抜けて駅に着くと「田端」の文字が見えてきた。

「ああ書くんか」

「ああ書くのよ」

田端か。悪くないなと思った。

「明日の夜までに決めます」

と得意顔のお兄さんに伝えて、すこし考えることにする。

翌日は、ふらりと別の不動産屋にも入ってみた。小柄なおじさんと若いお兄さんが、

「兵庫県からいらしたんですか」

「どんなお仕事をされるんですか？」

そんなふうに、部屋を見せる前にいろいろと話を聞いてくれた。

若いお兄さんの名前は「新家さん」といった。「にいや」ではなく、「しんけ」と読むのだそうだ。

「このお仕事にぴったりですねえ」

母がそう言うと、

「ちょっと恥ずかしいんですけどね」

と照れるようにくしゃっと笑った。なんだかいいひとだなと思う。

話をするうち、

「シャクジイコウエンっていう駅があるんです、ここなんてどうでしょう。見てみませんか？」

と聞かれた。きょとんとするわたしの様子を見て、

「石の神様の井戸、と書きます」

そうおしえてくれる。わたしは「どう書くのか」にこだわるところがあるようだ。「西

武池袋線にも乗ってほしいので」という新家さんに連れられて、電車で向かうことになった。

移動中、新家さんとはいろんな話をした。実家が石神井公園の近くであること、社会人四年目であること、本当は他に就きたい仕事があったけれど、今はこの仕事が気に入っていること。

「石神井公園」で降りて、駅まで歩く途中、道の向こう側におせんべい屋さんがあった。

「あそこ、おいしいんです」

新家さんはそんなこともおしえてくれる。

しばらく歩くと、部屋についた。築八年の木造だけど、しっとりとやさしい佇まいだ。鍵を開けてもらうと、ひんやりとした空気と広々とした床が広がっていた。二階建ての二階で、予定より一万円も安い。小さな押入れがあって、

「ふすまを外してもいいかもしれません」

と新家さんは言った。

「作業台にするのはどうですか？」

そんなことまで提案してくれる。押入れが書斎になるだなんて。

「いいかもしれない」

東京に来てはじめて、うれしい気持ちでポッとなった。出窓とは言えないけれど、窓枠の手前の木枠にはちょっとだけ余裕があって、ここには花瓶を置くのがいいだろうと思っ

た。

「ここに花瓶を置くのはどうですか？」

そう新家さんが言うから、

「ふふふ」

と一緒に盛り上がる。花屋さんも、この近くにあればいいのに。

帰り道、

「おせんべい、買って帰る？」

母の希望で立ち寄ると、お店はお休みだった。

「ごめんなさい、本当にすみません」

そう新家さんはとてもすまなそうに謝る。

「なんにも悪くない」

と二人でぶるぶる首を振った。また次に買えばいいだけのことだ。

遠方だとなにかと面倒なので、今晩には部屋を決めて、明日の朝に契約をしてから兵庫の家に帰ることになっていた。すこし悩んでいるふりをしたけれど、心のなかではもう決まっている。

あの押入れの下段には、好きな本をたくさん蓄えよう。週に一回は花屋に寄りたい。帰省のときには、おせんべいを母に買って帰ろう。

「あの街に住むのか」

電車に揺られながらそんなことをうっとりと考える。毎日、あの家に帰ってあの家で眠るのだ。


けれど、池袋についたときのことだった。

駅の出口で背広の男性たちが、

「ついてくるなよ！」

「お前だろうが！」

「ずっとつけて来てるだろ！」

そんなふうに大きな声で口論をしていた。片方が掴みかかり、たちまち殴り合いになる。

わたしはそのとき、ひとがひとを殴るのをはじめて生で見た。標準語に慣れていなかったこともあるだろう、怖さで思わず足が固まってしまう。

「物騒ですね、行きましょう」

慣れっこなのか、新家さんがとても頼もしい。

その夜、池袋のロッテリアで母と向かい合って座っていた。わたしが口を尖らせて黙っていると、

「石神井公園がいいんやろ？」

母は言った。

「でも、怖くなっちゃった？」

やはりこのひとはエスパーなのだ。

さっきの殴り合いが、わたしには恐ろしくて堪らなかった。ここは、ぼんやりとのどかな兵庫の山奥とは違って、東京なのだと改めて思い知る。違うのは、速さばかりではない。窓の下を覗くと、夜だというのにちっとも暗くなくて、大勢のひとが途切れずに無関心そうに行き交っている。

「オートロックがいいかもね。二階じゃ不安かもね」

母がぽつりと言って、すこし黙って考えたあと、

「そんな気がしてきた……」

と答えた。

一度しか降りたことのない石神井公園の駅を思い出すと、なんだかとても切なかった。

得意顔のお兄さんに電話すると、

「いやあ、絶対にいい部屋ですからね！　いい選択ですよ！　明日いらしてください！」

と快活に答えてくれた。このひともまた、いいひとだと思った。

そして新家さんには、断りの電話をしなければいけない。

もう一方と迷っているという話はしていたけれど、あんなに気に入った顔をして断るだ

なんて、とんでもない大人になってしまった気分だ。

「お母さんが電話してあげようか」

と母が言ってくれる。

「ううん。自分で言う……」

これまではなんでも「うん、お願い」と言ってきたけれど、これからはそういうわけにはいかないいんだから。

営業所に電話をすると、すぐに新家さんだと声でわかった。

「今日はありがとうございました、すごく悩んだんですけど」

「はい。お部屋、決まっちゃいましたか？」

そう向こうから言ってくれた。それも極めて明るくやさしい声で。このひともまたエスパーなのかもしれない。

「そうなんです……」

「あの、ぼくが言うのはおかしいいんですが、やっぱりオートロックがいいと思います」

え？

「初めてのおひとり暮らしですし、今日お母さまともお話しさせていただいて、ひとり娘を東京に、ってどんなに心配な気持ちだろうって思ってしまって……。不安にさせるのは良くないと思いました。田端、すごくいいところだと思います。ぼく、賛成です。駅の近くに小さいお寿司屋さんがあるんです。おいしいですよ。どうか安心して、お仕事頑張ってくださいね」

　涙が出てきてしまった。突然泣き出す娘を、母はコーヒーの入った紙コップを持ったまま飲まずに、眉をひそめて見つめている。

「ごめんなさい」

　泣きながら言うと、

「いえいえいえ、こういう仕事なんです。大丈夫ですから。また思い出したら、おせんべい買いに行ってみてくださいね。東京、きっとたのしいですよ。では」

　電話を切って、涙をいっぱいこぼしながら
「オートロックがいいと思うって。田端いいところだって。お寿司もあるって。仕事頑張って、って言ってくれた」

　と伝えた。すると、言い終えたその途端、今度はわっと母が泣き出したものだから、わたしは驚いてしまう。

「東京にもいいひといるんやね。すごくいいひとやったね。お母さん安心したわ。ゆかちゃんも、新家さんみたいなお仕事ができるといいね」

　母はわたし以上に不安だったのだ。

　母は昨日、長い人生ではじめて「東京」という街に来た。洗濯機を回したこともないひとり娘が、「東京で仕事をする」と言い出したのだ。平気なはずがなかったけれど、鈍感なわたしにはそれがわからなかった。

物件探しをしていて、下見したひとつの物件を断った。

ただそれだけなのに、不安でひたひたになっていた母と娘の心を「東京でも、なんとかやっていけるかもしれない」とポッとあたたかい火が乾かしてくれるような出来事だった。新家さんは、向き合う正面には立たず、隣にそっと立ってくれるようなひとだった。わたしもこんなふうに仕事がしたい、本当に本当にそう思う。

わたしの心のなかには今も、一度しか会ったことのない「新家さん」に住んでもらっている。何年経っても、わたしはこの夜のロッテリアでの出来事をずっとずっと忘れない。

その二カ月後、三月の終わり、わたしは東京に越してきた。

白くてぴかぴかの部屋。まだ家具も家電もなにもない。床にはダンボールが四つと大の字になったわたしが転がるだけだ。毎日、朝ここで目を覚まして、ここへ帰ってくるんだ。そう考えるとやっぱりとても不思議な気分だった。

横になっていると、ベランダの塀の上には水色の空がめいっぱい広がっていて、塀の下とコンクリートの隙間からは、明治通りを挟んだ向こう側に並ぶ桜のピンクがチラチラと見えた。

「へえ」

裸足のままベランダに出て、塀の手すりにグッと胸を寄せ、景色を見渡してみる。する

と、

「あ……」

遠く向こうに、つまようじの頭ぐらいの大きさの作りかけのスカイツリーを見つける。

「この部屋にしてよかったかもしれない……」

大事なものをたくさんたくさん置いてきてしまったけれど、この先、ここでもまた同じぐらい恋しいものができるかもしれない。そう思うことにしようと思った。

まずはベランダ用にスリッパを買おうと考えていると、携帯電話が鳴ってメールが入った。自分の目を疑う。想いを寄せていた、バイト先の彼だった。めずらしい出来事にハラハラと胸を打つ音が早くなる。


「研修先が決まって、東京で受けることになりました。

来週にはそっちに越します。もし会えたら。

なんか最後の日、話し足りなかったような気がしました。迷惑じゃなければ。

それでは。仕事頑張れ」


携帯電話を胸に抱きしめて、ベランダの塀を肩で擦りながら、ヘタヘタとしゃがみこんだ。引き寄せた膝に顔をうずめて、思わず「ひゃあ」と叫ぶ。

なあんだ、ちゃんと春じゃないか。

そのまま屈伸をして、もう一度手すりの外を見ながら背伸びをすると、桜のピンクはさっきよりも、うんと濃く見えた。

スリッパを買いに行こう。ピンクのカーテンも買おう。空はどこまでも広くて、これからのすべて、どんなことも上手くいくような気がした。

「今度こそ、なにか言えたらいいなあ」

なにもかも遠く遠く離れたわけではなかった。


お祝いだと母に買ってもらったコートとお財布だけをひょいと持って、わたしは部屋を出た。「カチャンッ」と鍵が閉まる音が響く。そんなことにも「おおお」と感激した。

新家さんの言うとおり、「東京はたのしい」のかもしれない。

「あ」と、思い出して、カーテンとスリッパを買うのは明日にすることにした。

「そうだ、おせんべいを買いに行ってみよう」

早く母に送ってあげたい。

花びらが舞う明治通りを早足で歩いた。風は向かい風なのに、まるで空を飛んでいるような気分だった。

赤に光る回鍋肉

得意料理は？　と訊かれたなら「豚の角煮」と答えるようにしている。嘘ではないけれど、もう一年以上作っていないから、ちょっと罪悪感のある回答だ。

はたして「得意料理」に期限はあるのだろうか。けれど自分の料理で、他に「感動的なうまさ」というのはなかなか見つからないから、しばらくはこれでいこうと考えている。

かつてなら「回鍋肉《ホイコーロー》」と答えたかもしれない。

懸命に豆板醤やらオイスターソースの配分を納得がいくまで試している時期もあった。それが今ではもっぱら食べる専門だ。すこしさみしいけれども、おそらくこの先も一から作ることはないんじゃないかと思う。

それは、まだ前の前の街に住んでいた頃。もうずいぶん昔の話だ。

当時、好きだった年上の恋人はあまり野菜を食べないひとだった。焼き肉に行ったたって、「肉以外を食べるのなんてもったいないよ」

と野菜を頼むことはしない。サラダというのもあまり好まないひとで、とにかく不健康で魅惑的な食べ物ばかりを好んで食べていた。若さにあぐらをかいて、わたしもそれを特に咎めない。

けれど、付き合いも半年を越えた頃、いよいよ心配になって
「たまには健康的なものも食べようか」

と声をかけ始めた。かけ始めたけれど、

「中華やお鍋なら野菜も摂れるでしょう」

そう言って、やっぱりたっぷりの油をからめた酢豚やしゃぶしゃぶなんかをおいしそうに食べる彼には敵わない。わたしはそれを「わはは！」と笑って、二人でテカテカとした食の魅惑に負け続けていたのだった。

けれどもそのうち、「便利がいいから」と彼はわたしの住む家の目と鼻の先のアパートに越してきた。

これは「体に良いものを食べさせるチャンスだ」とわたしは大いに喜んだ。自分のおなか周りがやけにモッタリとしてきたこともあったと思う。

「自炊を増やしましょうね」

そう言って、自分の家でも彼の家でもわたしは野菜を買い込んだ。それからは、彼も料理が不得意なひとではなかったから、キャベツやトマトなんかの炒め物も自分でよく作っていたように思う。わたしはわたしでちょっとしたサラダやスープ、野菜をたっぷりにした回鍋肉なんかを作ってはよく持ち込んでいた。

今思えば、なぜ彼の家のキッチンを使っていなかったのかがよくわからないのだけれど、とにかくわたしは自宅のキッチンで野菜をザクザクと切っては、数分先の彼の元へと

せっせと運んでいたのだった。

彼は特にこの「野菜たっぷりの回鍋肉」というのをとにかくよく褒めてくれた。

「おいしいね」

「どうしてこんなにおいしいの」

「お店に出したら流行っちゃうね」

うまそうに愛おしそうに、はふはふとよく食べてくれる。わたしはこれを作るために生まれてきたんじゃないかと思うほど、うれしかった。

もっとおいしい回鍋肉を作りたい。もっとあの「おいしいね」が聞きたい。そして、わたしはそこから懸命に豆板醤やらオイスターソースの配分を納得がいくまで試すのだった。もっとおいしい回鍋肉。もっとうれしそうな「おいしいね」。欲をかけばかくほどわたしのなかに幸せが溢れた。


けれど、この時のわたしは当然、この恋がある日突然あっけなく紙風船でも破裂するように「ぱん」と終わってしまうことを知らない。

思えば二十代半ばまでの「若い頃」というのは、往々にしてそうだった。どうしてあんなに今がこのまま続いていくと疑わずにいられたのか。無邪気で何事もなくいられたのか。そのくせ、いつか自分には今以上の特別な幸せが訪れるような気がしてしようがなかった。

甘辛い回鍋肉を、わたしはこの先もずっとずっと炒め続け、彼がずっとずっとそれを食べてくれる。そしてそれはどこまでもおいしくなる、そう信じて疑わなかったのだ。

その日も、わたしはたんまりと作った回鍋肉の器に丁寧にラップをかけて、汗で張り付く洋服を邪魔に思いながら、せっせと彼の家に向かって歩いていた。

道すがらひとつだけある信号が赤に変わってしまって、わたしは「ああ」と落胆する。せっかく熱々を届けてあげたいのに。ラップの表面に信号の赤が映って、回鍋肉は赤々と光っていた。それがようやく緑の光に変わると、わたしは脱げそうなサンダルの底を擦りながら、石鹸の匂いをさせて、また彼の元へと歩き出す。

ひさしぶりの「おいしいね」が聞きたくて。彼が本当は部屋になどいないことも知らないで。

「あそこの信号で、回鍋肉がピカピカ赤に光ってたよ」

「だから余計に今日のはおいしいと思うんだよ」

そんなことを言おうと決めて、わたしはせっせと歩いていた。

茹だるような初夏の夜だった。そんな日の哀れな自分も、今となっては、幼くて可哀想でとてもとても可愛いと思う。

わたしのタイプライター

ふらりと入った古道具屋で、壊れたタイプライターを買った。

どういうわけか「これは、何としても持ち帰りたい……！」とひと目惚れしてしまったのだ。日本製の白色で、

「ちっとも個性的じゃありません」

みたいな顔をしているところにも、えらく惹かれた。

ちょうど同じ頃引っ越しが決まったこともあって、「新居でどうやって飾ろうか」とあれこれ考えるのにも夢中になる。壊れたタイプライターを飾ることがずっとずっと長年の夢だったのかもしれない、と思うほどだ。

重くて、大きくて、実際に使うことはできない四千円のタイプライター。けれど、わたしはとてもとても満足だった。


ひと月後、新居に移り、いよいよ用意した飾り棚にドンと置いた。

やっぱりそのタイプライターは、

「だから、ちっとも個性的じゃないでしょう」

とでも言いたげな顔をしていて、その佇まいが、もうなんとも言えずたまらなく好きだ

と思った。ふと眺めては惚れ惚れとする。

それからというもの、わたしの頭の片隅にはいつもそのタイプライターが居座った。部屋は、それを引き立たせる器であるような気さえしたのだ。

そして挙句、困ったことに
「隣にもうひとつ並べて飾ったりすれば、どれほど格好いいだろうか」

とさらに欲をかくようになってしまう。

「仲間があれば、一層この良さが際立つのではないか」

本気でそう考えたのだ。

気づけば、古道具屋をのぞいたり、「古いタイプライター」とネットで検索するのがほとんど趣味になっていた。特にネットには、赤や黄や青のスタイルのいいタイプライターがあれやこれやと溢れていて、

「なんて眺めがいいことだろう」

とわたしは画面を見つめながらいつもいつもうっとりとする。

そして毎日そんなことを繰り返すうち、またしても「これは……！」という一台に出会ってしまったのだった。

赤いボディに、黒色の鍵盤。白いタイプライターとは違って、ずっとずっと自分のものだったような愛嬌のあるデザインだ。何よりも、これはわたしと出会うべくして出会った

のだという確信めいたものがあった。

すぐに出品していた持ち主に「譲ってください」と申し出て、それは数日以内に届くこととなる。

白色のタイプライターには、

「新しいのが来ても、お前は特別だよ」

そう心のなかで声をかけた。嫉妬する性分にも見えないけれど、念のためである。


そうして数日後、赤色のタイプライターは、赤ん坊のお包みのようにフカフカの布と新聞紙に巻かれて、本当にわが家にやって来たのだった。大事に大事に包みを剥がして、そっと白色の隣に置いてみる。

「おお……！」

それだけでわたしは大層感激した。赤と白のコントラストも、醸し出す雰囲気の違いも、なにもかもがわたしにとってはおもしろく感じられるのだ。そして配置を反対にしたり、少し遠くに置いてみたりしては、

「ああ、やっぱり買ってよかった」

と幸せなため息をつく。わたしはとにかくこのタイプライターのフォルムが、好きで好きでたまらない。そして、これに深い青色のタイプライターを買い足して、トリコロールのように並べるのはどうだろうか……とさらにさらに欲深いことまで考えてしまう。本当

に良い買い物をしたと思った。

「無事に届きました」

そう譲り主にお礼を送ろうと箱を見返したところで、説明書と一緒に便箋が貼り付けてあることに気づく。そっと開いてみると、そこには驚くほど丁寧な字でこう綴られてあったのだ。


「大学の頃、両親に頼んで買ってもらったものの、ろくに勉強もせず仕事にも活かせず、心が痛いまま保管していました。今、終活の年齢になり、ゴミとして処分するのも両親に申し訳ないように思っていたのです。こうして大切にしてくださる方のところに行くことになり、うれしいです。お礼申し上げます」

床に膝をついたまま、

「そうか……」

とそっと手紙を閉じる。昭和三十年代のそれは、今ならば数十万円の価値だと聞いたことがあった。きっと安い買い物ではなかっただろう。

なんだかしんみりとしながら、両親に習わせてもらったピアノや英語、買ってもらったスポーツ着なんかを次々に思い出して、

「役に立てられずに申し訳なかった」

と思う気持ちが、わたしのなかにも溢れてくるのだった。

「期待してくれていたのに……」

うなだれたくなるような想いになったそのとき、不意に胸の奥底に閉じ込めていた箱がカタカタと揺れるような感覚に襲われる。

「あっ……」

そして次の瞬間、わたしはその箱に押し込めていた出来事をすっかり思い出してしまったのだ。


それは中学校に上がる前の春休みのことだった。

なんでもない昼下がり、突然玄関のチャイムが鳴った。そして、そこからの出来事は紙芝居のようにパタリパタリと記憶がめくれていく。

玄関にはセールスの女性が立っていて、ひとのいい母が「どうぞどうぞ」と招き入れてしまったこと。そしてその女性に
「きっと学校の授業だけじゃ、勉強についていけなくなりますよ」

そう言われ、途端に不安になったところで、

「魔法のような教材がありますよ」

と色とりどりの五教科の教材を見せられたこと。

サンプルのテストを読むうち、やる気になって母に、

「使ってみたい」

と無邪気に言ったこと。

「そうやね、必要かもね……」

同じく不安に陥った母が顔を歪ませながら苦渋の決断をしてくれたこと……。

そのあと、二人で固い指切りをした。「父に本当の金額を伝えてはいけない」と。そして、懸命に働いてくれていた父は二十年以上が経った今になっても、まだその本当の額を知らないということ……。

蓋の開いた箱から暴れ出るようにして、すべての記憶が次々と思い出され、もはや頭を抱えるしかなかった。

「なんということだろう……」

それは、昭和三十年代のタイプライターとほとんど同じ金額だった。

そして、わたしがその教材を使って勉強をしたのは、中学校の三年間でたったの数日にも満たないのだ。なによりも、

「父の前で、その教材を広げるのはやめておこう」

という母との約束がいけなかった。数カ月でその教材はクローゼットの奥へ奥へと仕舞い込まれてしまったのだ。嘘までついて、ずいぶんずいぶん無駄にした。

父へのすまなさでいたたまれない気持ちになる。けれど同時に、母の想いにもまた胸がしくりと痛んだ。

子どもって、なんて希望なんだろうか。

未来で役立つよう、未来で困らぬよう、でき得る限りであれこれと持たせてやりたかったのだろう。勉強にピアノ、裁縫だってずいぶんおしえてくれた。たくさんの愛でたくさんのものを託され、今日まで来たのだ。大いに無駄にしてしまったことの方が多かっただろうけれど。

わたしがそうだったように、このタイプライターの譲り主もきっときっとご両親に愛され託され生きてこられたのだろうと思うと、なんだか「しっかりしなくては」という心持ちになった。思いがけず、大事なバトンを引き継いでしまったようだ。わたしも誰かに譲るまでこれを大切にしなければならない。そして不意に思い出した今はもうないあの魔法のような教材のことも、わたしはずっとずっと覚えておこうと思った。

白いタイプライターだけじゃなく、届いたばかりの赤いタイプライターにも伝えなければいけない。

「あなたも特別やで。よく来たね」

わたしはふたつのタイプライターをそっと撫で、それまでとは違った気分でまた、よくよく眺めては惚れ惚れとする。

そして、父になにか贈り物をする言い訳についても、あれこれとひとり考えてみるのだった。

踊るほっぺ

一度だけ、父に手をあげられたことがある。

と言っても、殴られたのでもなんでもない。振り上げた手で、ただほっぺをきゅっと軽くつねられたのだ。ところが、これがちょっとした騒ぎになった。

その日は、父と母に連れられて親戚のお通夜に出ていた。わたしははじめて真っ黒な洋服に身を包んだ三歳児で、そこが山奥の古いお寺だったか、あるいは山奥の古い木造の祖父の家だったかもよく覚えていない。いずれにしても、ひんやりとした山奥での出来事だった。

ここからは、おぼろげな記憶と母の思い出話の組み合わせだ。

両親が通夜の用事をしている間、わたしは遠縁のおじいさんやおばあさんたちのいる客間に
「ちょっとだけ見ててください」

と預けられた。幼いわたしは「通夜」がなにかもよくわかっていない。両親が目を離したのはほんの短い間であったというけれど、客間に戻った頃には、すでにわたしの「リサイタル」が始まってしまっていたのだそうだ。

その頃のわたしは、ところ構わずとにかくどこでも歌って踊っていた。自分を歌手だと信じて疑わない子どもであったから、ただ自分の役目にひたすら忠実だった、と言えるかもしれない。

ラムネの入っていた容器をマイクにして、そこでもわたしは歌手としての仕事を一生懸命まっとうしていた。日本語にもなっていないオリジナルソングを歌う、歌う。おじいさんやおばあさんたちが「これは明るくなってええね」と……言ったか言わなかったかはわからないけれど、それにしても小さな子どもが歌って踊り出したものだから、

「うまい、うまい」

と思い思いに手拍子をしてくれていたのだそうだ。

そこへ、父が現れたのだ。

通夜の席で歌って踊る娘。父は怒ると、きゅーっと目がつり上がる。

「こら！　今日は遊びに来たんとちがう」

そう言うと、父は右手を振り上げ、わたしの頬をきゅっとつねった。

「うわぁあああん」

小さな歌手は、その場で大べそをかく。そして、やわらかでまだ真っ白だったわたしのほっぺは、みるみるうちに青くなってしまったのだ。

「まあ、まあ……」

おじいさんやおばあさんは、きっと「かわいそうに」とでも言ったろうと想像してみるけ

れど、たしかなのは、次に怒ったのは母であったことだ。

「女の子の顔に、それはだめよ！」

そう父に抗議したのだそうだ。

まだ、なんにも知らない小さな子どもであった。母の言いたいこともわかるけれど、だからこそ、父はそうして止めるしかなかったのだろうとも思う。

いずれにしても、ステージだと勘違いしていたわたしが悪いというのに、これをきっかけに父と母は「ふんっ」と喧嘩をして、しばらくの間、口を利かなくなってしまったのだった。どのように仲直りをしたかは誰も覚えていないけれど、これがわが家の「ほっぺの変」である。


それからも、わたしの歌って踊る癖は治ることはなかった。けれども、なるべく人前は避け、特に父には見つからないように、小声で歌い、小さなステップを踏むようになる。

「父は、わたしの歌とダンスがあまり好きでないのだろう」

と小さな胸でまたもとんちんかんな理解をしていたのだ。


しかしそれは、後にわたしの勘違いであったと気づくときが訪れる。

高校二年生の出来事であった。

仲の良い同級生のお母さんに「カラオケ大会荒らし」と呼ばれるひとがいた。聞けば驚くほどの歌唱力で、夏川りみのような透明感と天童よしみのような力強さを合わせた美声の持ち主だという。

「これは聴いてみたい」

と素直に思った。ついでにそのうち、

「一緒に歌ってみたい」

とも願った。

「どうしても聴きたいんやけど……」

そう友人に頼み込んで、ようやく実際に聴いたその歌声は、なるほどしびれるほど上手く、そして気づけば、よくカラオケに一緒に出向き『涙そうそう』を共に歌うような仲になっていた。

ちょうどそんな折、われわれが住む町にあの『NHKのど自慢』がやってくる！　という話が舞い込んだのだった。

「ゆかちゃん、ついにのど自慢よ！」

カラオケ大会荒らしはそう意気込んだ。もちろんわたしも意気込む。NHKがいいと言っているのだから、これは公式に「歌っていい場所」である。

本戦の前に予選があり、それに出場するにはハガキを送って〝当選〟する必要があった。わたしたちはそれぞれにハガキを書いて、

「出られますように」

と、目を閉じ、祈りを込めながらポストに入れた。

元来、わたしは特段目立ちたがり屋というわけではなかった。人前でなにかしたい、みんなの注目を浴びたい、とは思わない。どちらかと言えば、ばれずにひっそりと機嫌良くいたい。それだけで充分だった。

けれども、「歌」だけは別なのだ。お風呂場でひとり毎日歌うのもずいぶんたのしい。これを、大きな舞台でやれたのならそれはどんなに気持ちいいだろうか、といつも夢に見た。物心がついてからは親戚の集まりや修学旅行のバスのカラオケでは勇気が出せなかった。しかし、父やクラスメイトのいない市民会館の会場ならば、きっとわたしにも歌えると思ったのだ。生バンドが演奏するそのステージに立ちたい。そう心から願う。

そして十日ほど経つと返信のハガキが郵便受けに届いた。

結果は見事〝当選〟だ。けれどもカラオケ大会荒らしのお母さんは落選だった。わたしひとりで市民会館に向かうこととなる。熱に浮かされていたところに、突然ひやりとすこしの心細さが押し寄せてきた。

「お母さん、わたしのど自慢に行くねん……」

台所に立つ母にそう告げると、母はふふふっと笑いながら、

「ハガキほしいって言ってたやつ？　のど自慢かぁ。お母さん応援に行きたいなあ」

特に驚きもせずそう言った。手元では鍋でかぼちゃを煮付けている。

「まず予選やから、付き添いで来てほしいねん」

「多い方がええんかしら？　お父さんと行こうか？」

「お母さんだけ！　お母さんだけ来てほしいねん」

すがるように頼むと、母はまたふふふっと笑って、

「わかった、わかった」

と快諾してくれた。

「あと、その日……学校を早退せな間に合わへんねん」

最後にそう言うと、今度は大笑いして
「早退してのど自慢？　ははは、先生に連絡してあげるわ」

と小さな体をゆすっていた。あっけらかんとした母でよかった。夕飯で出たかぼちゃを、わたしはほいほいとたくさん食べた。


そして当日を迎える。

「早退します」

と本当に学校を抜け、憧れの生バンドが待つ市民会館へとわたしは向かった。

「こっち、こっち」

母が入口で待っていてくれる。緊張で顔がカチカチになるわたしを見て、母はふふふっ、

ふふふっ、と引っ切りなしに笑っている。

「大丈夫やよ、一番を歌うだけでしょ」

それはそうなのだけど。受付で名前を言うと、エントリー番号のシールが渡された。それを胸に貼るのだ。

「やっぱり、ちゃんとした衣装にすればよかった……」

カラフルな衣装をまとったひとたちを横目にそうつぶやくと、

「制服の方が、高校生やってすぐにわかってええやないの。歌とのギャップが出て素敵やと思うよ」

母はなんでも前向きに捉える。それを聞いていると「そうかもしれない」といつも前向きがわたしにも伝染するのだ。

「では、エントリー番号順に並んでください！」

係のひとに声をかけられる。

「行っておいで」

母に見送られ、わたしは長い長い行列の真ん中らへんに並んだ。そしてエントリー番号一番のひとから順に舞台に立ち、続く数名は舞台の片隅で曲に合わせて手拍子や拍手をする。

順番待ちの間は気が気じゃなかった。

「今、向かってる！　間に合いそう！」

カラオケ大会荒らしの娘である同級生から連絡が入る。仲のいい友であったから、それがとても心強かった。よし、いつものお風呂場だと思って歌えばいいだけだ。本選に進むことは特に考えていなかった。滅多にない機会なのだから、とにかく気持ちよく歌いたい。

そして、いよいよ舞台の片隅までやってきた。汗の滲む手でEGO-WRAPPIN'やポルノグラフィティを歌うひとたちに一生懸命拍手を送る。

客席は付き添いのひとと審査員のひとで八割ぐらいが埋まっており、その真ん中で母と友が一緒に手を振っていた。

「次だ……」

出番目前だ。緊張で呼吸が浅くなる。もはやもう感覚のない両足で精一杯舞台を踏んで、目の前のひとに拍手を送った。

「さあ、どうぞ」

舞台の真ん中へと案内され、いよいよわたしの番だ。照りつけるライトが眩しかった。

んっ、とすこしだけ咳払いをして声を絞り出す。

「一九九番。プレイバックPart２！」

そう言うと、百恵ちゃんの『プレイバックPart 2』のイントロが生バンドによって演奏される。わたしは歳に似合わず昭和歌謡が大好きだった。背中越しに聴こえる、エレキギターの音はなんという迫力だろうか。自然と体がすこし縦に揺れた。そのときだった。短い間にこれまでのあれやこれやが次々と思い出されたのは。幼い頃ラムネを片手に歌い続けたこと、ずっと歌えなかった親戚の宴会、バスのカラオケ、ほっぺの変……。

「ええい！」

わたしの覚悟がそこで決まったのだ。徐々に早くなるイントロに合わせて息を吸い、

「緑の中を走り抜けてく真紅なポルシェ～♪」

低い声で歌い出しながら、わたしは体をはすに構えて揺らした。さらにさらにと音楽に身を任せると、これはなんと気持ちいいことだろうか！

光の玉のようなものが、ライトからチカチカ降り注いで見える。

サビでは、

「プレイバック！　プレイバック！」

とステップを踏みながら、手は百恵ちゃんと同じ振りをやってみせた。歌うだけじゃなく、舞台の上で小さいあの頃のように夢中で踊ってみたのだ。

そして、最後の
「プレイバック！」

で、わたしの出番は終わった。大きな拍手に包まれる。

「やりきった!!」

わざと見ないようにしていた客席の一つひとつに焦点を合わせると、母と友が大笑いしながらこちらに向けて拍手をしている。

「最高やった！」

客席に下り、駆け寄ると二人はそう言いながら、まだ笑い合っていた。

「最初から踊るつもりやったん？」

そう尋ねられるから、

「そんなつもりなかったよ！　でもせっかく二人しか見てへんのやし、もうやりきろうと思って……」

汗を拭きながらそこまで言ってしまうと、途端にどっと疲れて喉が乾いた。

「喉、乾いた……」

「ああ、お疲れさま。一緒にフロート食べへん？」

母がいたずらっ子のような顔でわたしたちに尋ねる。

「食べます！」

「食べよ食べよ！」

こういうとき、いつも母は気安い女友だちの一人のようだった。

喫茶店にはメロンのフロートといちごのフラッペがあって、わたしはいちごを選ぶ。三人で食べるそれはとびっきりおいしくて、大仕事を終えたような開放感があった。

「ああ、おもしろかった」

良い思い出がひとつできた。この先もこの会場で歌って踊ったことをきっと何度も思い出すだろう。この会館の喫茶店の光景もよくよく覚えておこう、このいちごのフラッペの話を母と何度もしよう、わたしはそう思った。

けれど、それもこれもこの時はまだなにも知らなかったからなのだ。なんと『NHKのど自慢』とは、本戦だけでなく、この予選の様子も深夜にテレビで放送されてしまうのだった。

＊＊＊

「おお、えらい！　はははは！　踊っとる、踊っとる！」

テレビ画面にそう拍手を送ってくれたのは父だった。

覚悟を決めて踊ったのが良かったらしい。わたしは恥ずかしくて、なんだか顔が火照ってしまう。

結局、本戦に進むことはできなかったが、テレビで予選がこうして全て流れてしまった。

「こういうときには、思いっきりやるのがええ。えらいぞ」

父は「やるべき場所」でやることにはなにも言わないのだ。むしろ、大喜びである。

「はははは！　このビデオ貸してくれ。婆さんにも見せたろう」

「やめてよ……」

うれしそうに山奥の祖母の家まで跳ねるようにして録画したビデオテープを持っていった。父は別にわたしの歌を嫌ってなどいなかったのだ。なんだか突然すべてを認められたような気持ちにもなる。

けれどやはり、これだけじゃあ話は終わらなかった。

学校で噂が広まり、クラスメイトの数名がこの放送を見てしまったというのだ。もしかすると、わたしがずっと気になっていた男の子も見てしまったのかもしれない。

「あああ……」

胸のなかに仕舞っていた恋はそれだけで粉々に散ってしまったような、そんな気持ちがした。考えるだけで、顔から火が出るような、おいおい泣いてしまいたくなるような。これこそ「プレイバック」だとわたしは嘆く。父には悪いが、もはや父のあの笑顔は、後から来た風で吹き飛ばされそうになっていた。毎日の登校が憂鬱だった。


そんなときだ。午前の授業の終わり、休み時間が始まった合図でわたしが席を立とうとしたところに、その彼がすっと前を通り過ぎた。

ふと目が合ってしまって、

「あっ」

と逸らそうとしたとき、彼は言った。

「おれも古い歌好きやねん。拍手したわ……」

目尻にすこし皺を寄せ、はにかんだような笑顔で突然そう言われたのだ。風が。突風が父の笑顔をやっぱり吹き飛ばし、わたしのなかで大きく荒れた。

「……あ、ありがとう」

ほっぺが熱い。風が。もはやこれは台風だと思った。

ミイラの朝

ゴロゴロと足元をペットボトルが転げていく。慌てて拾おうとすると、隣の席の女性が「いいわよ」というように目配せをして拾い上げてくれた。

「すみません、ありがとうございます」

小声でお礼を言う。午前八時前の新幹線は眠っているひとも多い。しかし、新大阪で乗り合わせたそのひとはどこかはつらつとした印象だった。

「歩けんの？　上に荷物置こうか？」

親切にも、網棚の上に置いてくれるという。

「どこまで？　自分で下ろされへんかったら困るもんね」

「品川までです」

「そしたら、わたし東京まで乗るから下ろしてあげるわ」

そう言って、膨らんだわたしのカバンをひょいと棚へ上げてくれた。

〝ご婦人〟というよりはもっと親しみやすい、こざっぱりとしたショートヘアのおばさんは眉をひそめて、そう尋ねる。

「事故？」

「昨日、転んでしまって……」

わたしの体は、肘も膝も出ているところはすべて包帯まみれだったのだ。

その前日アルバイト先に向かうため、わたしは汗を垂らしながら猛然と自転車を漕いでいた。

「まずい、まずい……」

ドーナツショップであるにもかかわらず、夏は涼風麺や飲茶が人気の店で、すこし遅刻気味のわたしは、

「早く行って冷凍のエビを解凍しなければならない」

と焦っていたのだ。きらきらと輝くアスファルトをもうひと漕ぎ。自転車はようやく、下り坂に差しかかる。あとはこのまま、駅まで一直線だ。下り坂を斬り裂く風が、汗だくの身体を冷やしてくれる。

「大丈夫、間に合う」

そう自分を励ますと、風が味方して一層加速できるように感じた。それなのに、

「あっ」

マンホールを車輪が踏んだ次の瞬間、視界には青い夏の空がぱーっと広がって、天地がゆっくりと逆転していく。そして肩が地面に触れると同時に、そこからはガシャガシャ音を立てて坂道を転げ落ちていくだけだった。

散らばった荷物をなんとかかき集めながら手にした携帯電話は、血と汗で滑って上手く

ボタンが押せない。気が遠くなりそうになりながら、
「遅れます、エビを解凍してください……」
とだけ店長に伝える。ほっとしたのか途端に、足と肘の傷がドクドクと痛み出し、また
も滑る指で電話をかけた。
「お願い、助けて……」
茹だるような日差しのなかでアスファルトに横たわり、ゆっくりと解凍されてしまいそ
うな気分で、わたしは母の助けを待ち続けたのだった。

「ほんで？　お母さん、すぐ来てくれはったん？」

「車が汚れへんように、古いバスタオルでわたしを包んで家まで運んでくれました。よく
転ぶんです」

「ははは、賢いお母さんやね。けど、なんで東京に？」

「来年の春に入社する会社の懇親会があって」

「そんな怪我で来いって？」

「いえ、最初の顔合わせやし、休むのが心配で……。母とひと晩悩んだんですけど」

「息子のときもいろいろ心配したから気持ちはわかるわ。リーマンショックで今年は苦労
したでしょう。せやけど、そんなミイラみたいな格好で行ったら、顔はバッチリ覚えても

らえるんちがう？」

臆面もなく笑い飛ばしてくれるおばさんはずいぶん楽しそうで、なんだか気の合う叔母との小旅行のような気持ちになってくる。

「けど、お母さん心配やろね」

思い出したように、おばさんは言う。

「怪我もそうやけど、春からは東京か」

「息子さんはお近くですか？」

「ううん、しばらくは大阪におったけど、今は結婚もして神奈川に住んでるわ。気に入ってるみたい。娘はもっと遠く遠くやしね」

神奈川、横浜、中華街……。アルバイト先のエビの涼風麺のことが頭をよぎる。

「さみしいですか？」

「でも親に遠慮なんかしてたらあかんしね、子どもは」

「そういうものですか」

「そうよ。遠かろうが健康やったらいいねん。楽しそうにしてたらこっちもうれしい。元気がいちばん孝行よ。元気やったら会えるもん」

おばさんは、ペットボトルのお茶をひと口飲んで、窓の外に目をやった。特に変わった仕草ではなかったけれど、わたしはそれを目で追う。

それから品川までの二時間を、わたしたちは囁くような小声でたくさん話した。息子さんがちょっと年上の看護師さんと一緒になったこと。去年の秋に男の子が生まれ、足の指が米粒みたいに小さいこと。これから「弟の元奥さん」に会いに行くこと。弟さんには内緒だけど、彼女とはもう何十年も仲良くするほど気が合うのだということ。時折「話のつまらん弟」などと情たっぷりに意地が悪いことを言うのがおかしかった。

新幹線がスピードを緩めながら品川駅に滑り込み、

「さっ」

とおばさんは立ち上がってわたしの荷物を下ろしてくれる。

「本当ありがとうございました。楽しかったです」

「こちらこそ。やっぱり女の子はええね。東京でも気をつけて頑張って。約束よ。元気でおってよ」

おばさんの目にはうっすら涙が溜まっているようにも見えた。気のせいだろうか。不思議な気持ちでいたけれど、つられるように苦しくなり慌てて「ありがとうございました」ともう一度頭を下げ、包帯の足と荷物を引っ張りながら新幹線を降りる。

ホームからおばさんの様子を見たかったけれど、もたもたと歩いていたら、あっという間に列車は行ってしまった。

あれからもう十年以上の月日が経つ。わたしは相変わらず東京で過ごし、リクルートスーツを見ると思わず目を細めてしまうような年齢にもなった。颯爽と歩けど、あの子も内心不安だろうかと思うと胸がいっぱいになる。

あの「元気がいちばん孝行よ」という言葉。父や母を心配させるたびにふと思い出し、何度も持ちこたえてきた。今でも思う、あの日あの席でよかった。

そしてもうひとつ、これは勝手な想像だけれど。あんなにたくさん話したのに、なぜおばさんは〝遠く遠く〟にいる娘さんの話はしなかったのか。「元気やったら会えるもん」と言ったあとの顔、別れるときの顔。新幹線がすーっと去るとき「もう娘さんはいないのかもしれない」と思ったこと。

今も新幹線に乗るときには、あの朝とエビの涼風麵のことをふわり思い出すのだった。

真夜中はヒーロー

「どういう仕組みだか説明がつかないよなあ」

という出来事にたまに出くわすことがある。と言っても、別に恐ろしいおばけや信じがたい魔法なんかを見るのじゃない。それは、気を抜けば忘れてしまいそうなほどちっぽけな「不思議」との出会いだ。

あの夜もまったくそうだった。


昔から、ひとりでレイトショーに出かけるのが、この上なく好きだ。

見終わったあと、ひょいと深い夜に放り出される感じがいい。嫌でもさっきまで見ていた映画について、じっくりじっくりと考えさせられてしまう。

その日は、近所の映画館に出向いて楽しみにしていた映画を見た。しっとりとしたラブストーリーや気軽なコメディもいいけれど、痛快なヒーローものを見て、ひとり自宅へと帰る道はまた格別だなあと思った。

長いエスカレーターをずしりずしりと下りながら、目にしたばかりの格闘シーンを思い返してみる。いくつかのシーンがパパパっと鮮明に頭に浮かんで、それだけで胸はまた熱くなった。そのまま街に出たなら、わたしだけがうんと強くなった気がするものだ。指を広げれば、手のひらから強烈なビームだって出せそうな気分になる。

わたしは『アイアンマン』の大ファンであった。

アメリカン・コミックスが原作となった『アイアンマン』は、知的でそれでいて勇壮なヒーローだ。その春、『アイアンマン』率いる『アベンジャーズ』の戦いはフィナーレを迎え、幕を閉じた。それを見届けたわたしは、涙やら鼻水で顔面をぐしょぐしょにし、電気がついてもしばらくぼーっと座席に座っていたほどの脱力具合だった。

ようやく這い出るようにしてたどり着いた帰り道は、いつもの倍ほど酔いしれることになった。「諦めずに、やり抜くこと」をその映画から学んだわたしは、うんとうんと強くなった気がしたのだ。

五分で帰れる道を三十分かけて帰る。程よい五月の空気が、頬やら頭をちょっとだけ撫でて冷やしてくれたけれど、自宅に着いてもまだまだわたしは静かに高揚中なのだった。

そのままソファで仰向けになり目を閉じて、まぶたの裏でヒーローたちの格闘をもう一度上映してみる。

「ああ、素晴らしかった……」

贅沢な余韻のなかでたっぷりたっぷりと眠りたいと、そう思った。けれど、次に目を開いたときには、小さな事件が動き始めてしまったのだ。

「ん……」

天井にぴたりと吸い付いているような、赤い「丸」を見つけた。未だかつて見たことのない、赤くて丸いカタマリ。

「あれは……？」

なにかのボタンのようにも見える。不思議に思いながら、もっともっと目を凝らすと、やがてその実態は見えてきた。五百円玉ほどのサイズのボディに、うやうやと六本ほどの足がついているではないか。

「ひいいいいい！！！」

思わず悲鳴を上げてソファから飛び降りると、途端に赤い彼（彼女かもしれない）はゆっくりと前進を始める。見たことのない巨大な虫との遭遇。形からして、テントウムシの遠い親戚かもしれないけれど、わたしが知りたいのは、その種類や名前ではなく彼に応戦する術だった。なにしろ、この部屋で虫を見ること自体がはじめてのことで、仕留めようにも殺虫剤の類がない。

「シューーッ！」

ソファの上に立ち上がり、仕方なく彼に向かって吹き付けたのはヘアスプレーだった。仄かにいい香りが広がるけれど、なにが起きるわけでもない。

デオドラントスプレーや香水をひと通り振り撒いたあとは、甘い香りのなかで頭を抱える。

幼い頃から、虫の類はなによりも苦手だった。生物の教科書に並ぶ昆虫の写真でさえ、ページごと折りたたんで見ないようにしていた。叶うことなら、彼がこの部屋にいることを知りたくはなかった。

けれど、こうして出会ってしまった以上、このままでは眠れそうもない。頭の上で、赤く大きなそれが、右や左にうろついているのだから。

「恐ろしい……」

手で顔を覆うけれど、そのとき頭のなかに思い返されたのは、さっき見たあのアイアンマンの姿だった。どんな劣勢にあっても、そう、戦わねばならないのだ。

「……熱か！」

諦めないことの重要性を再認識したばかりのわたしは、延長コードを探し始める。なるべく長いものが必要だ。

「あった……！」

コンセントに延長コードを刺し、その先にドライヤーを繋ぐと、さながら銃口でも向けるように、天井へと「Hot」を噴射させた。

「ヴォーーーーッ」

イオンとともに、温風がじんわりと一体に広がる。赤い丸は、ゆっくりと数歩だけ左に歩いただけだった。こういう場合、次に必要とされるのは「機転」だ。

軽く身をよじり反動をつけながら、今度は「Cool」の風を吹きつけてみる。しかし、微かに冷たい風が空中を漂うだけで、次はピクリとも動かない。

「もう……！」

輪ゴムを使い、弓矢の要領でマッサージ用のボールを天井に向けて飛ばした。的中した虫を手元で受け止めるため、洒落たアルミバケツの蓋を盾のようにかざすことも忘れなかった。様相は、さながらアベンジャーズである。

結果こそ奮わないけれど、手数とバリエーションは映画のヒーローを凌ぐ勢いで、知恵を絞り続けること二時間半。

こんなとき、アベンジャーズならばどうするだろうか――。

よく考えてみる。そして閃いたのだ。そう、物語のクライマックスはいつも〝総力戦〟だ。

「もしもし、今からお越しいただくことって可能なものでしょうか……」

「どのようなご用件でしょうか」

「虫が……自宅に虫がいるんです」

「ゴキブリで？」

「天井をゆっくり歩いてます」

「ゴキブリではなさそうですね」

「赤くて、まん丸いんです」

「ゴキブリではありませんね」

三十分後、いわゆる「便利屋さん」というプロフェッショナルが車を走らせ、たくさんの殺虫剤を抱えて、自宅まで来てくれた。時間は夜中の三時になろうとしている。なんとありがたいことだろう。

「早めに仕留めましょう」

頼もしいばかりだ。しかし。

「あれは……虫ですか？　なんだあれ……」

はじめて見るその赤い物体に、お兄さんもずいぶんと戸惑っていた。無理はない。

「とりあえず……」

と、細くて長いノズルの先を向け、薬を何度も噴射してくれる。歩みは遅いくせに、要領はいいのか、さっと身を交わしてしまう丸いボディが憎いばかりだ。

何度となくそれを繰り返すけれど、一向にダメージを感じている様子がない。そしてようやくここでわたしは気づく。しまった、〝総力戦〟だった。

「なにか、お手伝いすることはありますか？」

「いや……特にありません」

断られてしまった。やることのないわたしは手持ち無沙汰だ。バケツの蓋だけを持って、憎き虫をじっとりとただ睨んでいるより他なかった。

そして、空が白んできた頃、事態は急転する。これまでのろりのろりと動くばかりだった赤い彼が、ほんのすこしだけスピードを持って移動し、カーテンの裏に隠れてしまった

のだ。そして、

「え……？」

お兄さんがカーテンを翻すと、そこに姿はない。

「あれ……？　どこに行きました？」

「……いや、いないですね」

「カーテンにくっついている…？」

「いや、いないですね……」

「あれ……？」

赤い虫は、突然消えてしまった。何度もカーテンを翻し、家具もひと通り移動させたけれど、ついにその姿を見つけることはできなかったのである。


すっかり外は明るくなっていた。

「悔しいですね……」

お兄さんはそう言いながら、車に乗り込む。戦いの末、勝利はどちらに転ぶこともなく、相手が忽然と消えてしまったのだ。一体全体、どこへ行ったのか。この部屋のなかにいることだけは間違いないのに……。

それでもその背中は戦いを終えたヒーローそのもので、わたしは同志を乗せた車が去っていくのを、いつまでもいつまでもぼんやりと眺めていた。

明け方までそんなことをしていたせいで、翌日は仕事にならなかった。気を抜くと大きなあくびが、ひとつ、またひとつ、と止まらない。

「これはいけない」

観念して、早めに帰路に着くことにする。今日から赤い彼と二人暮らしだ、と覚悟しながら駅前をのろのろと歩いていると、ふいに着信があった。

「お父さん？」

離れて暮らす父からの電話だ。

「もしもし。あのなあ、元気か？」

「うん。こんな時間にどないしたん？」

「いや、あのなあ。大したあれでもないけど……」

電話の父は、いつもこんな調子だ。

「なに？」

「なんてこともないけどな」

「用事あるんやろ？」

「まあ、なんと言うか。まあ、仕事ばっかりして、忘れとんのやろうけど……」

はっ、として電話を耳から外して日付を確認する。しまった……

「ごめん！　昨日、誕生日か。これから送るから」

「いや別にそうやないねんけどな、」

「え？」

「まあ、その……還暦になりました、という報告や」

「還暦……」

「そんな高いもん要らんで。なんか〝赤いもん〟でも送ってもらえたら」

虫の知らせ、とはよく言ったものだけれど、あんなおかしなものを遣いに出すだなんて。

「落語じゃないんだから」と虫に化かされたような想いだ。どうにも説明がつかない小さな五百円玉サイズの不思議。けれどヒーローさながらのわたしの格闘など、父は知る由もないのだった。

プールの底で考え中

「プール」とは子どもの時分のわたしにとって、ちょっと恐ろしくて、だけど近寄りたい、とても不思議な場所だった。

夏休みになると、小学校のプールは子どもたちが自由に遊べるよう開放されていた。わたしは夏休みの間、水着の上にワンピースを着て毎日のようにそこへ通った。友だちに偶然会えたなら、水中で〝宝さがし〟なんかをして一緒に遊ぶ。けれど、会えなければ会えないで別に構わなかった。

ひとりで立ち向かうプールは、体育の授業で使うプールとはまったく違う顔をして見える。それが、わたしにはとてもおもしろかったのだ。

わたしはそれまで「ひとり」というのをよく知らなかった。

ひとりっ子として育ったけれども、傍にはいつも誰かがいてくれた。たとえばひとり遊びをしていても、そこには必ず母の眼差しがあったものだ。家事をしながら、編み物をしながら、本を読みながら。なにも言わずにただすぐ隣にいて、困ったことがあればいつでも手を貸してくれた。

そこに縛り付けられるような不自由さは特にない。出かけたければ、「いっておいで」と快く送り出してくれる母だった。けれども、出先の出来事もわたしは母に知ってほしくてあれもこれも本当によく話していた。だからどこにいてもわたしは「ひとり」という気がしないのだった。

思えば、幼稚園の先生や小学校の先生なんかもみんなとても親切だった。なんと恵まれたことだろう。他人よりのんびりとした性分のせいか、「大丈夫？」と声をかけてもらうことも多かったように思う。

わたしはいつも大人たちの眼差しのなかで生きていたのだ。

だけど、プールのなかは違った。

水中めがねをかけて、鼻の呼吸を止め、おしりをひょいと浮かせて底に潜る。すると途端に目の前は水色に染まり、耳はツーンと詰まって、世界は静まり返る。

そのとき、わたしははじめて「ひとりだ」と思った。

そこは誰の目も届かなくて、ただ自分しかいない。とてもとても不思議な気がした。世界と自分はいつもつながっていたけれど、プールの底に潜ればなにもかもから切り離されたように感じる。ただの「わたし」だけになるのだ。授業で「みんなで潜らされている」ときとはまったく違う気分だ。

「この感覚は、お母さんにも説明できない」

それはとても心細いのだけれど、もっともっと深く沈んで、もっともっと知りたいと感じる自分がいる。

わたしはその「ひとり」を味わうために、何度でもプールの底に潜った。ちっとも飽きることはなくて、静まり返るときのすこし恐ろしいようなそわそわとした気持ちは毎回とても新鮮だった。

そうしている間に、気づけば照り付けていた日差しは和らいで、外の世界は夕方になっている。

「大人になるってこんなことだろうか」と、プールに潜るたび、幼いわたしは思うのだった。

けれど、どれだけ経ってもプールの底のような「ひとり」がわたしに訪れることはなかった。

成人をすれば、上京すれば、ひとり暮らしを始めれば。いつかはあの孤独を味わうはずだと考えていたけれど、体は成長しても、わたしはまだまだたくさんのひとの眼差しのなかで生きていたのだと思う。

はじめて訪れた「東京」も、ちっとも冷たくなんてなかった。

会社のひとは皆親切だったし、母とは離れて暮らすようになったけれど、駅からの帰り道は相変わらず電話でよく話し込んでいた。

「◯◯さんがね、」

と話せば、

「ああ、人事部のね。最初は感じが悪かったひと」

「そうそう」

といった具合に、どんな話でも真剣に、それでいてなんだかおもしろおかしく聞いてくれる。

それに、はじめてできた上司は「ねえ、お母さん」と呼び間違えてしまいそうになるほど面倒見が良くて、仕事ができる格好いいひとだった。だからわたしは、

「◯◯さん、今日もテキパキしてたわあ」

そんなふうにいつも帰り道に電話で話すのだった。すると母はいつも、

「一度会ってみたいなあ」

と女学生のような声を出した。まるで二人して同じ先輩に憧れているみたいで、それが妙に楽しかったのを覚えている。

わたしは、いつまでもやさしい世界に抱かれた子どもだったのだ。

けれど、忘れかけていたあのプールの底に、溺れ落ちてしまうのはあっという間のことだった。

上京して四年が経ち、その年の春、

「母が簡単な手術をするから、帰ってきてほしい」

と父からめずらしい連絡があったのだ。仕事が嵩張っていて、どうにも行けそうにないと思っていたけれど、何気なく隣の部署の偉いひとに話すと、

「それは、帰ったほうがいいんじゃないかな。脅すわけではないけれど」

そう言われた。なんだか急に嫌な予感に飲み込まれそうになって、わたしは急遽、会社に無理を言って、関西に三日間だけ帰らせてもらうことにした。

病院を訪ねると、母はすでに入院していたが顔色も良くとても元気そうだった。

「なあんだ」

杞憂だったことに安心して、ベッドに横たわる母に甘えて手遊びをしていると、いたずらっ子が囁くように、ちょっと意地悪な笑顔で、

「癌やのよ」

と母は言った。わたしはその表情を声を、今でもありありと思い出すことができる。

しかし、母のそんな伝え方が良かったのかもしれない。特に頭が真っ白になることもなく、

「早期発見？　ポリープみたいに切ればすぐに良くなるやろ？」

願うように尋ねた。

「そう言われてる」

また微笑むから、そうなのだろうと信じる他ない。

翌日、小さな体に全身麻酔で手術をすると聞いて気が気ではなかったけれど、無事に成功したと告げられ、心の底から安心した。

数日後には退院し、また元通りの暮らしをするようになる。

「なあんだ」

突然肩にのしかかってきたナマリのような心配事を放り出して、わたしも東京で元の生活へと帰っていく。それほど心配することではなかったのだ、と胸を撫で下ろしたのだった。


けれど、その年の大晦日。

両親の元に帰ると、たしかに電話ではあれほど元気だった母が、いつにも増して小さく弱々しくなっていて、あきらかに様子がおかしかった。

「しばらく外には出てへんのよ」

と言うから、

「買い物とか郵便局は？　いつも荷物送ってくれるでしょう」

そう尋ねると、

「ごめん……全部お父さんやの」

弱々しく白状した。なんだか全身が痛み、外出する気になれないのだと言う。

「なんで病院に連れて行かないの！」

と父をやや乱暴に責めると、

「一月に改めて検査が決まってるから」

そう素っ気ない返事をされる。なんだか全てをもう覚悟してしまっているような返事だ。

突然、父のことも母のことも、遠いひとのように感じて、上手く頭が回らなかった。

二人は、母の「もう、だめかもしれない」という事実を、わたしが受け止めることなどできない、と考えているようだった。二人で背負い、二人で隠して、わたしが悲しむ様子を見ることは、なるべく先延ばしにしようとしているようにも見えた。わたしはただ声を押し殺して布団で眠るしかなかった。


そして年が明けて、一月。病は全身に広がっており、程なくして入院することになる。

父とわたしは呼び出され、

「あと四カ月ほどと考えてください」

と言われた。今でもそのときの心地を、じわりと背中から這い上ってくるような感覚を、たまに思い出して味わってしまうことがある。

真っ暗なプールの底に突き落とされ、世界から切り離され取り残されたような。もうこの先のわたしの未来はすべて閉じてしまったのだ、そんな気分になった。

なぜかそんな時にいちばんに思い浮かんだのは「結婚式」のことだったから、自分でも本当に本当に呆れてしまう。母に見せるドレス、母に読む手紙……それが幼い頃からの夢だった。しかし、そのとき母はすでに遺影になってしまっていることを想像すると、悲鳴を上げて泣き叫びたい気持ちになり、たまらなかった。

そのとき付き合っていた恋人に、嗚咽を漏らしながら、

「あと四カ月だと言われた」

と伝え、「結婚式はしない」「結婚式は絶対にしない」「結婚式はしないで」と泣きながら繰り返し、「わかった。わかったよ」という声だけが電話越しに何度も聞こえていた。

わたしは、どこまでも勝手なのだ。

母の人生の終わりを、自分の絶望としか考えられず、自分の体の半分を引きちぎられるような痛みのなかで、ああ、もう生きていけやしないのではないか、とそればかりで頭がいっぱいになってしまった。

そこからは、驚くほど急なことばかりだった。その頃には母は高熱や薬の影響で、支離滅裂な会話しかできない日も増えており、わたしは会社を休んで、母の病院で寝泊まりをすることにした。ひとりで戻る「東京」は、あまりにも冷たかったのだ。

高い熱の日、母が

「帰ってきてくれたん？」

とうれしそうに言うから、

「うん、会社も東京で住むのもおしまいにして、お母さんのところに帰ってきたよ」

そんな嘘をついた。

「よかった、やっと帰ってきてくれて」

と母は頷く。

なあんだ……本当はずっと帰ってきてほしかったんじゃないか。わたしを東京になど行かせたくなかったのだ。はじめてそう気づいた。

そしてある夜、母は熱のせいかとても苦しそうにうなされた。

「だいじょうぶ?」

体をさすって尋ねると、

「火事。火事かもしれへんわ。逃げよう」

と眉をひそめて言うのだ。

「だいじょうぶよ。火事は起きてないし、起きたら、一緒に逃げてあげる」

そう言えば、

「ありがとう」

とつぶやいて、ぐっすりと眠る。この一件で、わたしは本当にわからなくなってしまったのだった。

そんな日の翌日のことだった。「決めるとき」がついに訪れてしまう。先生に呼び出され、「いま管を通して入れている水の量を徐々に減らしていけば、あと数日で……ということになると思います。痛みもあるようですし、そのようにすることもひとつです」と告げられた。父に電話しようかと思った。けれどもわたしは咄嗟に返事してしまう。

「水、減らさないでください……」

言ってしまった。

火事なら一緒に逃げたい、そう母は言っていた。母はまだ生きたいのだ、そういう意味に違いない。もう高熱と痛みでうなされているだけの母のそんなひと言を盾に、わたしは自分の悲しみを先送りにすることを選んでしまったのだった。

「わかりました、様子を見ましょう」

先生は、それ以上はなにも言わなかった。

夜になって父に、

「水を減らさないか、って言われた。減らしたら、あと数日って。でも、お母さんが嫌がってそうやったから、減らさないでもらった。勝手にごめん。お母さんがそう思ってなかったらごめん」

震えるように伝えると、

「あんたが決めたことはお母さん怒らへんわ。そう思ってたかどうかは、この先も一生わからんことや」

ゆっくりそう答えた。

あとから聞けば、父はこのとき、葬儀の段取りまで進めていた。わたしとは、覚悟と我慢の深さが違ったのだ。


そして、数日後。

テレビからは〝懐かしのメロディ〟のような番組が流れていて、小柳ルミ子が『瀬戸の花嫁』を歌っていた。

日付を超えてしばらくしたその夜中に、母は本当にいなくなってしまった。

四月のはじめ、桜がこぼれるように咲きしだれている、春の日だった。


こうして、わたしは溺れかけもがいていたプールの底にひっそり静かに落ちた。母はわたしにとって、いちばんの親友でも理想の恋人でもあったし、やさしい姉でも、可愛い妹のようでもあった。親切にしてくれるひとはたくさんあったけれども、上手く浮き上がることができない。わたしの世界とは、母のことだったとようやく気づいたのだ。

子どもの頃プールで感じていた、ただ「わたし」ひとりのようなあの感覚。ツンと耳は詰まり、うんと静かな一面の水色。わたしはやがてそこで暮らすようになってしまう。

それまでと、なんら変わらないように見えるかもしれない。けれども、わたしの中のわたしは水の底なのだ。母のことは、誰にも話せないようになっていた。

＊＊＊

三年の月日が過ぎて、年齢だけは順調に大人になった。相変わらず心は冷たいプールの底にあったけれど、新しい会社にも入社し、日々をなんとか立て直そうと努めていた。日常が、先へ先へと押し流してくれているような感覚だった。

そんなとき、何気なくスマホのなかを覗いていたら、とある「募集」が目に飛び込んでくる。読めばそれは、文章を書く仕事をしているひとや、文章をこよなく愛するひとたちが一緒に文章について考えてみる場所らしい。そこに集う「塾生」の募集だった。

「これだ」

ポッと火が灯るような、すこしだけ明るくあたたかくなるような感覚を胸で感じる。それまでも文章を書く仕事をしていたけれど、わたしは誰かと文章についてじっくり話すことも一緒に考えることもしてみたことがなかった。

「文章を好きなひとたちなら、会ってみたいなあ」

そう思った。そして祈るような気持ちで応募の課題を出して、わたしはそこへと通うようになる。

知らないひとばかりの集い。けれど、どのひともいいひとそうな横顔だった。みんな真

剣な眉毛で話を聞いているなとうれしく思う。そうして通っているうち、

「じゃあ再来週までに、〝わたしの好きなもの〟というお題でエッセイを書きましょう」

という課題が出された。わたしはエッセイだなんて書いたことがなかった。ひとに見せられるようなお話なんて、どこにもないと思っていたからだ。けれど、二週間後までに書かねばならなくなる。

「わたしの好きなもの……」

なにを綴ろうかと考えてみる。その頃、わたしのいちばん好きなものは「仕事」だった。仕事をしているときだけは、すっかり忘れることができたのだ。では、なにを忘れたかったのか。プールの底でぶくぶくと考えてみれば、それはやっぱり母のことであった。

「母について、書いてみようか」

気を抜くと目の周りが熱く赤くなるから、なんとかそれを堪えながら、一文字ずつ導入を打ち込んでみる。その頃のわたしにとって、母について考えていることを整理したり、誰かに見せるのは、とても勇気の必要なことだった。恐る恐る言葉を選んで書き進めているときも、水底で息を詰めている自分を想像していた。

けれど、それを書き終えたときのあの感覚を、わたしは一生忘れないと思う。赤ん坊がようやくこの世と出会って産声を上げるときのような。目の前がパッと明るく違って見えたのだ。

「なんだこれは……」

そしてそんな心地のまま、わたしはぼんやりと幸せな余韻のなかでなんとか原稿を提出した。

その文章が、わたしにとってのはじめてのエッセイだった。そしてそれはインターネットで公開され、とてもたくさんのひとから、

「良かったよ」

「必死で読み進めてしまったよ」

そんな言葉をもらった。なんだかそれは、よーく見つめられているようで、うれしくてちょっとくすぐったい。そしてその感触に、思わずわたしは「はっ」とする。それは、わたしが失くしてしまった〝誰かのあたたかい眼差し〟にとてもよく似た心地だったからだ。

「文章を褒めてもらうと、ひとはこんな気持ちになるのか……」

ゆっくり水のなかから顔を出して久しぶりに息をした気がした。

わたしが体験したなんでもないこと。わたしの考えるちっぽけなこと。そんなことを聞いてくれるのは、母だけだと思っていたのに。あれから、なにからも切り離されて、プールの底に沈んでしまったような日々を過ごした。けれど、ものを書くことでわたしは日の当たる場所に顔を出し、たくさんのものとつながることができると知った。水の上には自分の力で浮き上がるのだ。

それからさらに月日は流れ、わたしはいまエッセイを書くことを仕事にしている。たくさんの声をもらったり、時にはもらえなかったりしながら、それでもなんとか息を詰めて書き進め、誰かの眼差しに救われ続ける毎日だ。

孤独だって多いけれど、それをさびしいとばかりは思わなくもなった。大人だもの。もう誰にも抱かれてはいないことを恐ろしいとは感じない。

けれど、見つめてもらうたび、「いいぞ」と言ってもらうたび。わたしはぷかぷかと浮き上がり、明るい世界を思う存分堪能する。そして宝さがしでもするように、また文章にしたいおもしろいことを探しに、ふたたびザブンと潜るのだった。

今はもう、突き落とされさびしく沈んでいるのじゃない。また浮き上がれるよう、明るい日に憧れながら、いつだってぶくぶくとプールの底で考え中なのだ。

ここは下北沢

「八十円のお返しです」
ごそごそと財布に小銭をしまいながら、
「ありがとうございます」
と小さく頭を下げて店を出ていく。もう、ほとんど病気なのだろうことは自分でもうっすらとわかっているのだ。

ここ下北沢に越してからというもの、週に二、三度はこんなふうにして、「ヴィレッジヴァンガード」のなかを歩き回っては本を買っているわたしだ。

そしてそれだけではもちろん済まない。そのまま駅の横のエスカレーターをふわりと上り、新しい店が立ち並ぶビルのなかを通り抜ければ、そこには空と整備されたばかりのきれいな遊歩道が広がっている。

羽でも着いたように階段を下りて、手入れされた植え込みの横を気持ちよく歩いていく。スニーカーの靴ひもなんて、ぴょんぴょんとはずんでいるほどだ。

すると今度はすぐに「B&B」という本屋が見えてくる。

その店に入るとき、わたしはいつも物静かで所作のたおやかな男性を思い浮かべてしまう。長身で、カーキのニットやメガネなんかが似合う、ちょっと色っぽいひとだ。もちろん想像上の人物であるから、ただ頭に浮かべるだけなのだけど、ドキドキとする気持ちと一緒になりながらそうっと右足を踏み入れる。

なんだかそこはそんな佇まいの店で、つまり、要は、「好き」ということだった。

「こんにちは……」

正面の棚に変わりがないかを確認しながら、ぐるりと左回りに店内をゆっくり歩く。これを「本のパトロール」とわたしは呼んでいるのだけれど、実のところパトロールをするばかりで、「本の立ち読み」というのはまるでしたことがなかった。

それは、「この店で」というだけでなくて「この人生で」という意味でもある。なにを隠そうわたしは本と目が合えば「もう……」と観念して、どれもこれも買ってしまう人間なのだった。立ち読みで、吟味するようなことはしない。小説にエッセイ、ビジネス書も写真集だって大好物だ。

ずいぶん昔から症状は深刻で、これは母からもらった病だとわたしは知っていた。母は、「本を買うときのお金は、無くなったような気がするだけ」と言ってわたしを育てた。それで、この厄介なのが感染《うつ》ったのだ。

どんなにお金がなくても、時間がなくても。

「本に使ったものは、無くなった気がするだけで、後から必ず全部戻ってくるから気にせんでええんよ」

こんなふうに言うのだ。

あまり裕福な家庭ではなかったけれど、本だけはあれこれと与えてもらえた。よく書店にも一緒に出かけたが、数分後には、

「いいのあった？」

と訊かれるものだから、わたしは一生懸命本の表紙たちに挨拶し、ときに睨めっこをした。

「これにする」

「わあ、ええね。また読んだら、お母さんにも貸してな」

「うん、ええよ。貸したげる」

本は、二人の間を行ったり来たりした。


そんなふうに育った結果がこれだ。

ひとりで暮らすようになっても本棚は溢れかえり、わたしの財布はいつもさみしい。

「困った、読みきれない……」

いつもため息をついている。なにせ、遅読家なのだ。それでも、わたしの本を買う癖は止まらない。

「必ず全部戻ってくる、か……」

ふいに、本の悪魔の教えを口のなかで呟いてみる。はたして、この手元になにか戻ってきてはいるのだろうか。それはわからない。

けれども少なくとも、本を買うときの「これを、わたしは読むんだ」という約束が、跳ねるようなうれしさをくれたこと、どうにもうまくいかない日の支えになってくれたことも、たしかにあった。買っただけでこんなに幸せになれるんだもの。やっぱり、本は尊いものなんだと改めてわたしは思う。本は、約束。本は、未来。

「B&B」で支払いを済ませると、今度はまた来た遊歩道を引き返す。駅の隣のビルにある「TSUTAYA」の書店へと、本のパトロールに向かうのだ。そこも、大好きなお店だった。

心も足元もはずむ、はずむ。

こんなふうに軽やかにこの街を歩くようになったのは、ここ半年ほどのことだ。越してきたばかりの頃は、

「下北沢は出かけるところで、住むところではないでしょう」

とやっぱり思っていたし、二十四時を回っても聞こえる若い子のはしゃぐ声、いろんな

「タレ」や「スパイス」がごちゃまぜになったような、どうしようもない多国籍な匂い……そのどれもが、わたしにはなんだかチカチカと忙しなかった。

ヴィレヴァンは好きだけれど、ヴィレヴァンに布団を敷いては眠れない。よくわからないけれど、そんな感じだったように思う。

駅前の賑やかさも難しい洋服しか置いていない店も。すぐにはしっくりとこなかったし、向こうだってわたしのことを、きっと「ふんっ」と思っていたに違いなかった。

けれども耳や鼻というのは本当によくできていて、しばらく経てば慣れる仕組みにちゃんとなっている。それに、わたしには特大サイズのうれしいことがあったのだ。

本を出すことになった。

このわたしが。この手で書いたものが。あの、「本」になるのだ。なんということだろうか！

今の仕事をするようになって、来る日も来る日も文章を書いてきた。それを、わたしの腕で、ぎゅっと抱きしめられるようになるのだ。

「雑誌に載る」ということもまた、うれしくて仕方なかったけれど、自分の書いたものが「一冊」にまとまって、本屋に並ぶなんて。

とんでもないご褒美をもらった気がして、わたしは自分の手のひらをじっと見つめてみる。

「こんなくらいの大きさだろうか」

どんなことを書こうか、どんな名前をつけようか、どんな色にしてもらおうか。

そう思えば尚のこと、本屋をうろうろせずにはいられなかった。パトロールを強化しなければいけない。だって、あの店にもあの店にも、もしかすると並ぶかもしれないんだから。

どんなことを書こうか、どんな名前をつけようか、どんな色にしてもらおうか。

そう考えながら歩く道は、どこもかしこも素晴らしく見えた。足取りは軽くて、どこまでも遠くへ行けそうな気がしてくる。

駅前で手作りのアクセサリーを売るお姉さん。もしももしも、あのひとの手に届いたならどうしよう！　そんなこともふと考える。

本屋のたくさんある街で暮らしていて本当によかった。

まだ、名前も決まっていないその本。

けれど、それはたしかに本屋に並ぶ日が来るのだ。本は、約束。本は、未来。早く早く抱きしめたいと思った。

どんなものになるかもまだわからないけれど。できれば、あたたかな色で、ぱっと目が合うような本がいいなあ。できれば、誰かと誰かのあいだで行ったり来たりするような、そんなしあわせな本になってってくれたらいい。

宇宙のカレ

八歳の頃から毎月購入している雑誌があった。名前は『月刊歌謡曲』。これさえ開けば、そのほかの暮らしのことはまるでどうでもよくなってしまうほどの溺愛ぶりだった。暇さえあれば隅々まで読み込む暮らしは、おおよそ八年続いた。廃刊してしまって、今はもうない。

『月刊歌謡曲』の中身のほとんどは、ギタリストのための譜面であったけれど、わたしはギターに触れたことがない。眺めていたのはJ-POPの歌詞で、それをよくよく読み込んでは、気に入ったフレーズや気になる言い回しに、下線を引き続けていた。

Mr.Childrenの歌詞が、いかに色っぽいかということ。aikoの描く「あたし」という女性像には抱きしめたくなるような身近さがあり、つんく♂は、幼いのにどこか生っぽい十代の恋愛を鮮やかに表現し続けていた。宇多田ヒカルが綴るのはいつも、見えているものではなく、見えるはずのない自分の胸の内側。いつだって、厚かましくも「わたしが書いたの？」と錯覚してしまうような心地をくれるのだった。

クラスメイトでそんなことを知っているのは、わたしだけだと思った。

マンガやドラマに出てくる誰それを「かっこいい！」と大きな声で話し、またクラスの誰それを「好きなの」とひそひそ話す。わたしはその仲間に加わりながら、本当はいつも、ミスチルの歌詞の話がしたかった。

「一番のサビと二番のサビでは、言い回しが変わるのよ」

「だから、すこし時間が経過してるんだろうね」

なんてことを、ああでもない、こうでもないと話したかったのだ。

けれど同級生に、似た香りのひとを見つけることはできなくて、誰とも分かち合うことができずに、ただ『月刊歌謡曲』にボールペンで線を引いて過ごした。

わたしはいつも、キラキラとうれしい気持ちとさみしい想いに揺れながら、J-POPを聴いている子どもだったのだと思う。

そして「さみしい」が「うれしい」をちょうど越してしまったとき、わたしは『月刊歌謡曲』を買うのをやめてしまった。


だから大人になり、書く仕事を始めてようやく、同じような種類のひとたちと出会うことができたとき、わたしは大層救われた。

物を書くひとには、歌詞や映画の台詞や漫才なんかのひと言を、丁寧に心に収めているひとがとても多かったのだ。出会うたび、「ああ、ここにいましたか」という感覚で、わたしはうっとりとうれしくなる。そして、小学生や中学生の時分のわたしの肩を抱いて「大丈夫よ」と伝えてあげたくなるのだった。

「ひとには、ふさわしい住所があるのかもしれない」

そんなことを、ふわり思う。

いろんな街に出かけたい。異なるなにかと交わるのもずいぶんたのしい。だけど、水の合う、空気の合う、そういうひとたちや場所がやっぱりあるのだと改めて思う。それが「相性」というものなのだろう。

社会人になってからのわたしは、音楽と同じぐらい、テレビドラマも「なにげなく」ではなく、真剣に見るようになっていた。台詞や各話のタイトルを、下線を引くように何度も味わう。

なかでも、『逃げ恥』なんて呼ばれた『逃げるは恥だが役に立つ』には大層夢中になった。無職になった主人公が、恋愛経験のない男性と契約関係を結び、「住み込みの家事代行」として夫婦の真似ごとを始める物語だ。

回を重ねるごとに深くなる双方の想いに、三カ月間目が離せなかった。

しかし、その第一話を見終わり、星野源の歌う主題歌『恋』が流れたときのことを今でもよく思い出す。

はじめて聴くその曲の歌詞の意味が、わたしにはよくわからなかったのだ。

もう手元に『月刊歌謡曲』はないから、急いで検索をする。誰かが丁寧に書き起こしてくれたものを隅々まで読んだけれど、そのときのわたしにはやっぱりいまいちピンとこなかった。

「どういう意味なのだろうか——?」

そう不思議に思うばかりだ。

そして翌週、物語は二話を迎える。これまた実におもしろかった。だけどエンディングで『恋』が流れたときも、やっぱりその歌詞の意味がよくわからずに終わり、けれどそのまた翌週、三話の終わりを告げるエンディングで『恋』のイントロが流れたときのことだ。

わたしはその瞬間をとても鮮明に覚えている。

「ああ、そうか……」

暗闇で突然目が慣れたときに似ていたか、あるいは突然、自転車に乗れた日のあの感覚に近かったか。

なんだかそんなようなものを全部ひっくるめたような、心から
「ああ、そうか!」

という感覚が急に頭上に降り落ちてきて、

「星野源が言いたかったのはこういうことだったのか」

と途端にぱっと理解できた気がしたのだった。

恋をしたの貴方の
指の混ざり　頬の香り
夫婦を超えてゆけ
二人を超えてゆけ
一人を超えてゆけ
（星野源『恋』より）

なぜ「恋」をするのに、「美しい指先」や「髪の香り」ではないのか。

なぜ、「一人」を超えて「二人」を超えて「夫婦」になる……のではなく、「夫婦」を超えて、「二人」を超えて、「一人」さえ超えるのか。

ドラマの内容と重なりすべてを思い知って、わたしはそのことを誰かに話したくて仕方がなくなった。

『月刊歌謡曲』に線を引いていた頃よりも、わたしはうんと大人になっていて、わかることも、わからなくなってしまったこともたくさんたくさん増えていた。そんなことを経て、いま感じたものは、このときに分かち合っておかなくては、食えないものになってしまうこともまたよく知っていた。

だからこそ、わたしはそれを誰かと、できれば大切な誰かに、「いま」話したくてしょうがなかったのである。

どうしたものかと電話を手にとったとき、懐かしい名前の着信が残っていることに驚く。

彼はCくんといった。


Cくんとは、その数年前によく二人で出かけていた間柄だったけれど、彼氏と彼女という関係ではなかった。エキゾチックなハンサムで、声が低くてかっこいい。当時、いろいろと上手くいかなかったわたしには、なんだかちょうどうれしい相手であった。

そんな彼からの二年以上ぶりの電話。どんな用件だろうかと思ったけれど、わたしにはほんのすこし思い当たることがあった。実は、彼と会っているときわたしにはいつも、一抹の不安が付きまとっていたのだ。


それは、彼が「この世のものではないのではないだろうか」ということだ。

オカルトじみた話は、聞くのも話すのもあまり得意ではないけれど、これは、どうしようもない事実なのだ。

母を亡くしてすぐの頃、入れ違いのようにわたしの前に現れたCくんとの思い出は、実に奇妙なものばかりだった。

彼の下の名前は、ずいぶん昔に他界したわたしの祖父と同じで、彼の実家は、母が亡くなった病院のすぐそばにあった。そして、彼の誕生日は母と同じ日だったのだ。

食事中にふと音楽が流れてきて、わたしが

「あ、バナナマンのコントライブ『kurukuru bird』のエンディングで流れていた曲やなあ……」

と心のなかで思っていたら、彼はフォークを置いて

「あ、バナナマンの『kurukuru bird』のエンディングで流れてた曲やな」

と言った。なのに、そのライブでいちばんおもしろいコントについて、彼はなにひとつ覚えていないらしく、話すことができない。唐突に、

「好きなパンの種類を言って」

と言うものだから、

「どうして?」

と尋ねると、

「同時に言おう」

とわけのわからないことを言う。わからぬまま、

「せーの」

と言ったあと、二人は同時に

「ベーコンエピ!」

そう言った。細かいことを約束しなくたって、待ち合わせにはいつも苦労しなかったし、彼がおしえてくれた上野の洋食屋さんで食べたオムライスの味は、母が作るそれにそっくりであった。

けれどそういうことが続くと、わたしはなぜか騙されたような気になって、ついつい眉をしかめてしまう。Cくんは、

「なんで怒んの？」

と不思議がりながら、ワハハ！　と大きな声で笑っていた。

ただの偶然と思うかもしれない。

だけどそれだけではない。「極め付け」があるのだ。電車のガラス窓に貼り付けられたアイスクリームの広告を見て、

「変わった広告だね」

と言うわたしに、彼は

「ん？　ぼく、あんまり文字読まへんねん」

そう言ったのだ。

間違いない。彼は中央線に乗ってきているふりをして、地球外のどこかからわたしに会いに来ているのだ。あるいは、天国へ向かう母がかわいそうなわたしに見せている、綻び

の多いとんちんかんな幻想だ。

好きな食べものも一緒なのに、それさえ次第にたまらなく窮屈になった。「運命」という言葉は好きな方だけれど、ここまで露骨だと、恐ろしさが伴う。彼を「愛さなければいけない」と無理強いされている気になって、逃げ出したくなってしまうのだ。わたしは、近頃すこし地球の男に飽きてるレディではない。

そして何度か二人で行った洋食屋からの帰り道、

「別れたひとが忘れられない」

と、わたしは家で考えてきた文句をそのまま口にした。半分本当で半分は嘘だったけれど、それよりなにより逃げ出したかった。


そんな二年前の顛末を、なぞるようにぼんやりと思い出したあと、もう一度、携帯の画面に目を落とす。そうだ、わたしは星野源の『恋』についてとにかく話したかった。それを察知し、彼がまた降り立ったのかもしれない、と、こう思ったのだ。彼のことになると、わたしの思考は途端に現実味を失う。

ちょっと興奮して折り返しの電話をする。


「もしもし?」

「あ、ユカチャン? オレやで」

まるでつい昨日も会ったような気やすさで、Cくんは話した。

「なにか用だった？」

「いや、用はないけど。話したくてさ」

「『逃げ恥』のこと？」

「なに？」

「逃げ恥」

「なにそれ？」

なあんだ、ちがうのか。

「ガッキーのドラマ。星野源と」

「ごめん、よくわからへん。オレ、テレビとかないし。日本じゃないし」

「……」

「そんなことよりさ、」

「……ねえ、どこにいるの？」

「オレ？　オレ、トンガ王国にいるねん」

「……はあ？」

心だけが空に舞い上がり遥か上までサーっと登りつめて、宇宙から地球を眺めているような気分になった。

「なに？　どこ？」

「トンガ王国やで。ユカチャンと会われへんくなって、すぐに志願して。もう一年ぐらい」

「なにしてるの？」

「こっちで施設の建設やってるんよ。もうすぐ完成やねん」

「何語？　喋れるの？」

「言葉？　オレそういうの平気やねん。文字とかもあんまり読まへんし」

気が遠くなりそうになりながら、彼の声は電話越しに聞くと、高橋一生に似ているなと思った。低く、色気のある声で、わけのわからないことばかりを言う。

「それで。来年の一月に帰るんよ、日本に。一回でもいいから、会ってくれへんかな？　やっぱりトンガでも考えてたよ、ってことを伝えようと思って」

八千キロ向こうから、彼ははじめて色っぽいことを言った。星野源を高橋一生が倒してしまった瞬間だった。


かくして、日本に帰ってきた彼と会うことになった。彼のリクエストで、ちょっといいお店でお蕎麦を食べることになる。

久々に会う彼は、すこし無精髭を残したまま窮屈そうにスーツを着ていて、ああ、かっこいいな、と素直に思った。

ひと通り、向こうでの暮らしについて聞いたあとは、黙って二人でお蕎麦をすすった。

日本酒を追加で頼むときは、わたしがメニューを読み上げてあげる。

帰り道、「なんで文字を読まへんの？」と聞くと、彼は「退屈やんか」と言った。「本は読んだりしないの？」そう聞けば、「それも退屈やねん」とあくびをする。「音楽は好き？」そう聞くと、「好きやで」とやさしく笑った。

「でも歌詞も曲名も覚えへんから、歌われへんねんな」

駅の改札を先に通り抜けた彼の背中は、以前よりも大きくてとてもたくましかった。その背中についていこうとするわたしの前で、改札の扉がバタリと閉じる。

わたしはやっぱり、ミスチルの歌詞の話がしたかった。

別れ際、駅のホームで
「よし、ハグしよう」

と彼は言う。

「ここは日本やから」

そう笑って断ると、

「だからこそ」

と彼は体を引き寄せて、あまり体には触れぬままさらりと身を戻して
「じゃあ、気をつけて帰って」

そう微笑んだ。後頭部の奥が、ゆらりとまろやかに痺れる。

反対向きの電車が彼を乗せて走り出す。消えていくその姿を目で追いながら、そうだ、彼といるといつだって胸はドキドキとして、だけど、なぜだかとてもさみしいんだったと思い出していた。別々のパンを食べてたっていいから、同じものを「おもしろい」と思いたかった。

わたしはずいぶん大人になってしまって、かっこいいだとか、ロマンチック、だとか。そんなことだけでは上手く溺れられなくなっていた。浅瀬でぴちゃりぴちゃりと押し寄せる波は、ハラハラとすこしだけ気持ちいいけれど、わたしが欲しいのはそういうものじゃない。

なぜ、「美しい指先」や「髪の香り」じゃないのか。

なぜ、星野源は「指の混ざり」と「頬の香り」というのか。

それは、見た目じゃない、すぐに感じ取れる上辺じゃない、すこし踏み込んでみたあとの「相性」や「心地よさ」に恋をしたのだ。

なぜ、「夫婦」を超えて、「二人」を超えたあと、「一人」さえ超えるのか。

誰だってもっとも相性がいい相手、それは「自分」だ。人生でいちばん長く付き合ってきた「自分」。ひとりは、勝手で気ままで不満がない。難しいことを頭で考えるのだって、妄想も心配も誰かに恋をするのだって。眠るのも夢を見るのも、結局「ひとり」ですることだ。

そんな「ひとり」や、自分という領域さえ脅かしても、あなたとなら超えられる、そういう愛の歌なんだとわたしは胸で理解していた。

別々の人間であるのに、ひとりよりも、心地よく一緒にいられる「相性」と「信頼」に恋をする。しっくり、しみじみと「合う」を感じられる「心地」に恋をする。それがいい、とわたしは心に決め始めていた。

お互いに引いた下線を見せ合うような恋がいい。


「元気でよかった。楽しかった。もう会えないけど、ありがとう」

そうメッセージを送ると、

「やっぱりそうか。でも今日はありがとう。遠くから応援してる、がんばってな」

と、やさしい返事が届く。

電車に揺られ、ちょっとさみしい気持ちと、「これでいい」と晴れるような気持ちを抱えながら、彼が言ったそれはどのくらい「遠くから」だろうか、とわたしはひとり考えていた。

海の向こう、陽の照る暑い南の国か、あるいはもっと……、もしかしたら。

ラジオのスター

　ちょっとした手術を受けることになった。「ちょっとした」とは言いつつも、そのあと病院で八日間もお世話になってしまって、これがなんとも弱った。

　さして手術のあとが痛むこともないから、すぐにベッドの上でコロコロと退屈を持て余すことになる。家事もしない、仕事もしない、勉強もしない。病人らしい不便もないのに、まるで大きな赤ん坊のような暮らしだ。

　赤ん坊と違うのは、「せめて」と看護師さんに毎度、

「ありがとうございます」

と、できるだけ深々と頭を下げていることくらい。

　普段はいくらあっても足りないはずの時間が、じれったいほどゆっくりゆっくりと過ぎた。秒針の音、真横に動く雲、クリーム色のレースカーテン、規則性のない天井の模様。どれをとっても、ひと通り頭のなかでうんと考えを巡らせて遊んでしまったから、すっかり飽きてしまっている。

　こんなときには好きな本でもたっぷりと読めばいいのだろうけれど、文字の上をツルツルと目が滑っていくようで、すぐに面倒になってしまう。怠惰へ、怠惰へ、と流れていっ

ているのが自分でわかった。こんなわたしをあやしてくれるものは、なにかないだろうか。

そうして、

「ラジオでも聴こうか」

入院四日目にして、ようやくそんな名案にたどり着いたのだった。


これまでもラジオを聴く習慣はあった。

週にいくつかお気に入りの番組があって、電車のなかや夕飯の準備をするときに録音されたものをよく聴いていた。

けれども、このところはなんだか仕事や暮らしに追われて、そんな時間さえ上手く取れないでいた。

心にほんのすこしの余裕もなくなって、思えばずいぶんとつまらないやつになっていたような気がする。いけないいけない。

その点、今のわたしならば、ゆっくりと楽しむことができる。なにしろ、余裕なら誰かに分けてあげたいほどたっぷりとあるのだから。

クリーム色のカーテンを眺めながら、わたしはなにを聴こうかと考えた。

ひとりで過ごす病院の個室はずいぶんさびしいものだから、賑やかなのもいいなと思う。あるいは、ちょっとえっちな話題が多いのも、周りを気にせず聴くことができるだろう。だけれど、わたしには「やっぱり」と思う番組があった。

さみしいとき、不安なとき、聴きたい声があるのだ。

その番組のパーソナリティは、芸人さんだった。

近頃は毎朝テレビに映っている。パリッとしたジャケットがよく似合って、一つひとつの言葉がとても丁寧なひとだった。ただし、ラジオではほんのすこし様子がちがう。ちょっぴりくだけていて、聴けば、

「ああ、ラジオではジャケットを脱いでいるのだ」

というのがよくわかった。

だけど、そんな場所もそりゃあ欲しいよなあ。思えば、毎朝テレビに映るとはどんな心地なのだろうか。

テレビ越しにはなんとも煌びやかで楽しくとも、来る日も来る日もビリリと張り詰める緊張感や責任と向き合いながら、ジャケットに身を包んで息張る、そんな日々だろう。

毎晩九時半にはベッドに入り、明け方の五時半には体を起こすと聞いたことがあった。当然、風邪なんてひいている暇は一日もない。どんなにご苦労なことだろうか。

ベッドにごろりと横になりながらも、「せめてすこし」とわたしは想像してみる。だけれど、そんな緊張感や責任をわたしはちっとも知らない。

上手に想像することはできなかったけれど、ただただ「すごいなあ」としみじみと思う。

そして「そんな、すごいひとになったんだなあ」と、胸からふわり溢れるように遠いあ

の日を思い出していた。

小学二年生の頃、体を壊したわたしの全快祝いとして、犬の「ももちゃん」はわが家にやってきた。兄妹のないわたしに、小さな小さな妹ができたのだ。栗色の毛と白色の毛が混じっていて、手のひらを広げればその上に乗るほどまだ小さな仔犬だった。小刻みに震えているように見えるから、

「大丈夫よ、お姉ちゃんよ」

そう言って、やさしく気をつけながら抱きしめた。お尻をふりふり歩くところが好きだったから、わたしもお尻をふりふり付いて歩いた。あまり利口じゃなかったかもしれない。けれどもそれもかわいかった。

ももちゃんはわたしたちの小さな家族だった。家族だったけれど、一緒の暮らしはそれほど長くは続かなかった。わたしが中学生のあるとき、今度はももちゃんが体を壊し、ずいぶんかわいい寝顔のまま、呆気なく旅立ってしまったのだ。

学校から急いで帰っても、もう駆け寄って足元で喜んでくれる姿はない。お尻をふりふり歩く様子と、そのとき一緒にシャンシャンと鳴る首輪の音ばかりが思い出された。

そしてリビングでは、わたし以上に気を落としている母がぼんやりとラジオに耳を傾けている。聴いているのか聴いていないのか。

当時その番組を担当していたのが、まだ二十代も前半の頃のジャケットのそのひとだった。

毎週聞いていたそれは、京都から放送されている長丁場の番組で、中盤には「ペット」を話題にするコーナーがあった。

ふと思い立って、わたしは便箋を探す。そして、

「ずっと一緒にいた犬がいなくなってしまいました。すごくすごくかわいくて、今も大好きです」

そんなふうに書いて、ただなんとなく番組宛に送ってみたのだった。

すると翌週、なんと生放送中にそのジャケットのひとから電話がかかってきた。と言っても、その数分前に番組のスタッフさんから
「電話をかけてもいいですか?」

と連絡があり、恐る恐る、

「はい……」

と答えたのだ。記念に録音できるようにと母が慌ててカセットテープを探し、わたしは何故だか仕事中の父に電話をした。

「今から、ラジオに出ることになったんよ。ももちゃんのこと話すんよ」

「ほんまか！　帰ったらすぐ聞くから、ちゃんと録音せえよ！」

なんだか父はここ数日でいちばん元気な声を出していた。


そして番組の中盤、本当に電話はかかってきて、拙い言葉で話すわたしに、

「でも幸せやったね、ももちゃん」

とジャケットのそのひとは何度となく言ってくれた。家族以外のひとに聞いてもらうことができて、とてもとてもうれしかった。


その晩は、録音したテープを父と母と三人で身を寄せ合って聴いた。

「おお、ええ記念やな」

父も久しぶりに上機嫌だ。

さらに後日、そんな約束はなかったはずだけれど、直筆のサインが入ったポストカードが郵便受けに入っていたから、驚いた。

わたしは、それを今でも大切に持っている。もう二十年近く前の話だ。


そんなことを思い出しながらラジオに耳を傾けてみる。電話越しに話したあのひとは、ジャケットの似合う、あまりにも忙しい司会者になってしまったけれど、ラジオから聴こえるその声は変わらず、とても低くてやさしい声だった。

そうだそうだ、この声を父と母と聴いたんだった。

「ラジオは、ひとりで聴いても、みんなで聴いても、本当に幸せなものだった」

そんなことも思い出す。

「時を経て、こんなスターになったんだなあ」

白いシーツの上で膝を抱え、しみじみと目を閉じた。


ラジオからはそのひとの笑い声が響いている。どうやらクイズに正解したらしい。

「やったー」

わたしはそんな小さな独り言を久しぶりに漏らしてしまった。なんだかお腹や胸が、ふっとあたたかな温度を取り戻していくように感じる。クリーム色のカーテンが、西日に照らされ、淡いオレンジ色に染まり始めていた。

ホワイトアスパラふたつ

「結婚」なんてしないだろうと思っていた。
それだから、まだ付き合ってもいない彼から唐突に
「なんか……結婚したいですね」
と言われたときは、なんて気の合わないひとなんだろうかと首を傾げたものだった。

「結婚は……、どうでしょう」

わたしは答える。

もちろん、そういった幸せのかたちがあることは知っているし、大切な誰かが誰かと結婚するとき、わたしは心の底から「おめでとう」と言うことができた。

けれど自分のこととなると、どうだろう。なんだか途端に妙な気持ちになるのだ。きっと、「自分ではない誰かと、ひとつのかたまりのようになる」ということに、どうにも違和感があったのだと思う。


たとえばそれは、「あそこの家」と呼ばれることや、「ごはんはどちらが作ってるの？」だなんて聞かれることだ。

食事なんて、好きなときに好きなものをそれぞれ食べればよいし、もし仮にそれが二人ともナポリタンならば、手の空いている方が買うなり作るなりすればいいだけのことなのに、と思った。

たまに「今日は一緒だね」「おいしいね」という方が、なんだかとてもたのしそうだもの。

それなのに、なぜだか二人がいっしょくたになって。苗字を同じにして、親戚がぱっと二倍になる。時間や食事を共にし、自分や仕事がどんどん離れていく。

わたしが思い描く「結婚」には、いつもそんな無理の多い生きづらさのようなイメージがまとわりついていたのだ。


そして、もうひとつ。

「家」や「暮らし」を二人のものにすることで、いろんなものが〝薄まってしまう〟のではないか……と思うとき、わたしはそれがとても怖かった。

たとえば切ないと感じること、さみしいと感じること。良い心地だと浸るような気持ち、なにかを欲しがる気持ち。そんなものも二人で生きていれば、なんだか些末なものになってどこかに消えていってしまうのではないかと心配した。

そして家族を持ってもそうならずにいるひとの修錬とは相当たるものなのではないだろうか、と想像する。

思いやりながらも依存し過ぎず、「自分は自分で」「相手は相手で」……と知性と強い心で整理できているひとのことだ。

実際に、

「結婚がだめなら、じゃあ一緒に暮らしましょう」

そう言われて、彼と二人同じ部屋で暮らすようになってからというもの、最初の数カ月は途端に「書きたいこと」「書けそうなこと」が減ってしまって、仕事に困った。

もちろん忙しさや慣れない生活にペースが乱されていたところはあるけれども、それ以上に、部屋は日常と〝ほどよい気持ち〟でたぷりたぷりと満たされ、なんだかぬるくて薄い液体にふやふやと浸かっているような心地がしていた。

ひとりだったから感じられたこと。

ひとりだからふと思い出せたこと。

そんなことも忘れて、わたしはただ凡庸へ凡庸へと流されていくのではないだろうか。

生ぬるく鈍感なわたしの書くものが、誰かの心にそっと残ることなどあるのだろうか……。そんな大きな大きな「不安」と半ば三人暮らしをしているような、そんな気持ちでさえいたのだ。

だからわたしは、「結婚」はしないだろうと思っていた。

けれども彼は、めげないひとだった。

最初に二人で食事をした日、彼は
「じゃあ、『大豆田とわ子』うちに見にきませんか?」

と言った。その頃、テレビでは『大豆田とわ子と三人の元夫』というドラマが放送されていて、わたしたちはそれに大層ハマっていた。それぞれの視点から「あれがいいねえ」「これがいいねえ」と話すのがとても楽しかった。

けれどもその週、わたしはそれを仕事で見逃してしまい、偶然にも彼もまた同じ状況で「見られなかった最新話」に恋焦がれていたのだ。

「今週の分、早く見逃し配信で見たいですね」

「そうですね」

そこでお開きになるかと思ったけれど、彼はそうはせずに、

「じゃあ、『大豆田とわ子』うちに見にきませんか?」

と言った。


付き合ってもない男性の部屋に上がり込むのは、普段ならいささか抵抗があった。あったけれど、その抵抗を和らげてくれるほど彼はとても「ちゃんと」したひとに見えていたし、なによりもわたしは『大豆田とわ子』が早く見たかった。

「じゃあ、『大豆田とわ子』だけ……『大豆田とわ子』見たら帰ります」

「もちろんです。他意はないので、そうされてください」

スリッパを履かせてもらっていてもわかる、ひんやりと冷たく広い部屋で、わたしと彼は「大豆田とわ子」を一話だけソファで見た。そしてそれについてすこしだけ話して、

「お邪魔しました」

とわたしは約束通り荷物をまとめて部屋を後にした。


彼は手を握ることも、妙な雰囲気を出すことももちろんなかった。ただ、送り届けてくれた改札のところで
「なんか……結婚したいですね」

低い声でそう唐突に言ったのだ。

「結婚は……、どうでしょう」

戸惑いながらわたしは答える。そう、結婚についてはあれこれと思うことがあったし、なによりもわたしたちは恋人同士ではない。そんな話をする関係ではないからだ。

「結婚がだめなら……じゃあ一緒に暮らしましょうか」

本当におかしなひとだと思った。

「もっと……お互いを、知ってからがいいですよ」

「それなら一緒に暮らすのがいちばんですよ。それ以外のことはだいたい知っています」

ゆっくりと首を捻ると、彼も真似るようにゆっくりと同じことをした。経験不足なわたしはそんな不思議な誘いの対処法をもちろん持ち合わせていなかった。

「それは……また追々考えましょうか……」

「わかりました。もう、時間も遅いですもんね」

「……？　今日はありがとうございました」

「こちらこそ。気をつけて帰ってください。ではまた来週」

そんなふうにして二人の関係は始まって、それからも彼は事あるごとに、

「部屋を探そうか」

「一緒に暮らすとたのしいですよ」

と言い続けた。あまりにも自然と言うものだから、最早それに「ドキリ」とすることもいつしかなくなり、なんだかそれはそれでいいのかもしれないな……とさえ、うっすらと考えている自分に気づき、ときどき戸惑ってしまうほどであった。

けれど、いつからかわたしたちは本当にデートの合間に内見を重ね、やがて一緒に暮らし始めてしまうのだから、それは本当に不思議なことだった。

コマでも付けたように、コロコロと毎日は勢いよく進むのだった。

そして、つい先日のことだ。

かつてわたしが暮らしていた「調布」の街を舞台にしているから――という理由で選んだ映画を、共に暮らす部屋で二人見た。

主人公の二人はまさにコロコロと転がるようなスピードで惹かれ深く愛し合い、それなりの月日を共に過ごし、ちょっとだけみっともなく静かに別れた。「結婚しようよ」と言って、涙しながら別れるのだった。

そんな結末にわたしたちは盛大に泣いた。

そして目を腫らした次の日。近所のちょっといいビストロでホワイトアスパラを食べた帰り道のことだった。家の前の細い道路で彼はまるで昨日の映画の主人公みたいに、

「結婚しよう」

といつになく真剣に言った。映画の影響を存分に受けていることは、夜の薄暗さのなかでも明らかだった。

「そうしようか……」

やっぱり映画の影響を存分に受けていたわたしは、そう答える。

劇中の若い二人の別れから、現実の若くない二人は「このひとと離れてはいけない」と学んだのだ。


かくして、わたしたちは夫婦になってしまった。

「結婚」は恐ろしい。

違う人間なのに、いっしょくたに混ぜこぜにされて、だけど心だけが離れてどこかに行ってしまうことさえある。

同じ親から生まれたわけでもないのに、「あそこの家」「あんたの主人」「あんたの嫁」だなんて言われ方をして、途端に今までの関係じゃなくなるのだ。


けれど、そのひとは「家と結婚するのじゃないから」という話をそれは丁寧にしてくれたし、「走れる方が走ろう」と無理に二人三脚にはしない人だった。

それに二人の生活も、三カ月も過ぎてみれば、一緒にいたって互いはまるで違う人間で。さみしいことなんて山ほどあって、はじめて知る喜びとも、もどかしい気持ちともたくさん出会った。

薄まるどころか、部屋は暮らしは二人分に広がったのに、二人分の出来事や、二人でいるからこそ生まれる想いで溢れかえり、ちっとも薄まる気配もなかった。

これはわたしにとって、とてもとても意外なことだった。

あの日観た映画にも、

「恋はひとりに一個ずつあるもの」

という台詞が出てくる。わたしは今さらになって「たしかに」とひとりごつ。どこまでいっても二人はひとつになりようもなく、別々の人間だ。だからこそ、腹が立って、切なくて、補い合えて、無性に可愛い。

そんな彼にわたしが恋をしていて、また彼もそうであったらいいなと思っている。けれど本当のところはわかるはずもない。それぞれが相手にそれぞれの感情を持っているだけのことだ。

ホワイトアスパラだって、ひとり一本ずつ食べた。

無理にひとつにする必要もまるでない。今晩は二人で「鍋焼きうどん」を食べたけれど、明日はまた別々だ。それでいいし、そんなのがいい。

けれど、わたしは今、母の日に渡すブーケを
「さて、どんな色にしようか」
なんて考えながら、ほんのちょっと浮かれている。
もう一度、「おかあさん」と呼べるひとができたからだ。そんな幸せはしっかりと分けてもらっているのだ。

「結婚」なんてしないだろうと思っていた。

けれど、隣ですやすやとよく眠るひとは気づけば「わたしの夫」になっていた。言わな

いけれど、こんな日がいつまでも続けばいいな、と心から思う。電気を消したって、ほら、こんなに明るい。

ベンッ

新居に越してからというもの、わたしには嫌いな音がある。

廊下の収納扉が閉まるときの音だ。磁石式になっていて、

「ベンッ」

とぶつかり合って低く響く。その収納庫には、バッグやレジャーシート、帽子なんかが仕舞ってあって、いちばん取り出しやすい高さのところには、マスクやハンカチが置いてある。

夫はそこを開けて閉じ、「行ってきます」と毎朝会社に出かけていく。つまりこの音が、二人の朝の時間をおしまいにする合図なのだ。

なにか特別な朝を過ごしているわけではないけれど、これがたまらなくさみしい。単純に、彼がいなくなってしまうことへのさみしさもあるけれど、これからひとり、部屋で仕事をして過ごす一日がなんだかとても侘しいものに思えてしまう音なのだ。わたしはいつも「好きじゃないなあ」「こんなものを聞かせて行ってしまうなんて」と半ば不貞腐れながらその音を聞いている。

思えば昔から、アニメのエンディングテーマを聴くと胸がきゅっとなっていたっけ。わたしはなにかが終わってしまう、閉じてしまう合図が、今も昔も苦手なようである。

まだ幼稚園の頃、一カ月ほど祖父母のもとに預けられていたことがあった。母が肺炎をこじらせて入院していたせいだ。

山奥の広々としたその一軒家には、振り子のついた古めかしい時計があって、朝の七時と夜の七時には部屋のすみずみまで聞こえるような大きさで音楽が鳴った。それは他所では聴いたことのない、「誰がこんなさみしい曲をつくるの」というほど、物悲しいメロディだった。さらに鐘の音が追い討ちをかける。

「♪ティリリリ～　ゴーンゴーン」

祖母の家の「おしまい」はいつも早い。夕暮れの頃には夕食を食べて、その音楽が鳴る頃には、

「わあ、夜や。お風呂に入って寝ましょう」

という具合だ。

わたしはこの音楽が流れると、毎晩泣きそうな想いになった。もう今日が終わる、電気を消して真っ暗な夜が来るのだと思うと、ひんやりと冷たい廊下の温度が背中に迫ってくるような恐ろしさとさみしさがあった。田舎の夜は本当に暗い。

お正月は祖母の家で従姉妹たちと、毎年かるた遊びをした。だけどそれも、あのメロディが流れると終わりにしなければならない。そうやって植え付けられた「おしまいのメロディ」は、大人になってもしばしば頭のなかで勝手に流れるものとなった。

友たちと夜更かししたあとの旅館の寝間、恋人と出かけた和歌山から戻る新幹線。いつだってあまりにも幸せで終わるのがもったいないような時間には、

「♪ティリリリ〜　ゴーンゴーン」

おしまいのメロディと鐘の音が耳の遠く、頭の奥に聴こえる。さみしさに追い討ちをかけられるようで、これがなんとも切ないのだ。

「なんて面倒な体質だろうか」

長らくそんなふうに、わたしは小さく悩まされてきたのだった。


けれど、数日前のことだった。

祖父を亡くしてひとりきりで暮らしている祖母の様子を、父は頻繁に覗くようになっていた。

「おばあちゃん元気にしてた？」

「まあ、体は元気や」

そんなメッセージを父とやり取りしていたとき、ふと思い出して、

「あの時計の音楽が鳴ってたのって、七時やね？」

と尋ねてみる。すると、あの家で生まれ育ったはずの父が「なんのことだ」と尋ねるのだ。

「振り子のついた時計、音楽が鳴るやろ？」

そう言うと、

「ああ、昔は鳴ってたかなあ。今はもう止まって鳴ってないと思うで」

父にとってはあまりにも当たり前のことだったか、あるいは祖母の様子に気を取られていたせいか。いずれにしても、まったく気づいていないのだった。

そうか。あれは、もう鳴っていないのか——。

思わずわたしは、あのさみしいメロディを胸のなかでなんだかぎゅっと抱きしめたくなった。そして、あの頃の小さなわたしをよーく思い出してみる。

あまり気にかけてもらうこともなく消えていった音楽。あれは冷たく響いて、決して心地のいいものではなかった。けれども、あの「おしまいのメロディ」のあと、祖母が入れてくれたお風呂も、

「お母さんも今がんばってはるから、ゆかちゃんもがんばろうな」

と毎晩包んでくれた布団も、きっときっとこの上なくあたたかったはずなのだ。

さみしいメロディのあとのやさしい寝間。どうしてわたしは、あたたかかったことをもっと思い出さなかったのだろうと思うと、画面に目を落としながら、小さな珈琲店の店内でなんだかちょうど体の真ん中がいっぱいになった。

あの音はもう流れることがないけれど、祖母は遠い山奥の家にひとり今も暮らしている。道のりは長くとも出向けば、その手にいつでも触れることができるのだ。

「また帰ります」

そう父に伝えて、あたたかい珈琲を飲む。祖母に抱かれて眠った、あの寝間の心地を一生懸命思い出そうとしていた。

お住まいはどちら？

年下のひとたちと飲むことになった。

会社を辞めてからは、とんとそういうことがなかったから、向かうときにはすこし緊張した。もちろん、ひとつふたつ下の友は多いけれど、十もちがうとなれば、

「大丈夫かしら……」

と不安になったりもする。文章を書くひとたちの集まりではあるけれど、はたして話についていけるだろうか。

場所は赤坂で、ほどよく街も店内もがやがやとしていた。

「こっち、こっち」

と呼び寄せられテーブルにつく。

「どうも、どうも」

へらへらしながら見渡せば、どのひともなんだかとても眩しく見えた。

三十歳を過ぎてからの数年。

特にこの一年のわたしは、ふうっと暗い潮の目に飲まれてしまったみたいに、人知れずぐるぐると深いところへ沈んでいってしまうような日々を過ごしていた。

なにが変わったわけでもないのに、うっすらと忍び寄る「なにか」が怖くて怖くて仕方なかったのだ。

それを「リミット」などと呼ぶひともあるし、「選択」というふうに呼ぶひともある。稀だけれど、「そろそろ、地に足をつけないと」と注意をしてくれるひとだってあった。要するに「さあ、いよいよ『大人』ですよ」と、ようやく覚悟をし始めたのだ。


そんなわたしは、二十二歳や二十四歳の彼女らとテーブルを囲みながらひとり、

「そうかあ」

と改めて考え込んでしまう。そりゃあわたしだって、よし!! といろんなものを振り絞れば、まだまだどんな選択もできるだろう。

けれど、彼女たちはこれから軽やかに何にでもなれるし、軽やかにどこへでも行ける。それは、あまりにも自然に。

その有り余る可能性が、羽がついた天使みたいに眩しく見える。

なんだかとっても羨ましかったのだ。


クラフトビールが自慢のお店だったものだから、ついついわたしは飲み過ぎてしまった。そして、「住んでみたい街」について話しているときだった。

「じゃあ二十六歳で祐天寺ですね」

酔いに任せて、目の前に座っていた色の白い可愛い子に、わたしはそんなことを言う。

彼女はいま二十四歳だそうだ。実家で暮らしているけれど、いつかは「書く」仕事に就きたくて、いつかは東京のどこかに住みたいらしい。

「じゃあ二十六歳で祐天寺に住むのはどう?」

わたしは勝手に彼女の住む街を決めてしまった。唐突さと乱暴さは、さながら占い師のそれだ。だけど、まったくのデタラメを言ったわけではない。

祐天寺とは、わたしが二十四歳から「いつかは」とずっと憧れていた街だったのだ。


当時、会社のひとまわりほど年上の先輩がそこで恋人と暮らしていた。音楽をこよなく愛したり、割れたお皿は丁寧に金で継いだりしていて、ただものぐさに暮らしていた子どものわたしには、それがとてもとても豊かに映った。

「電車、どこで降りるんですか?」

「ユウテンジだよ」

「それってどこですか?」

上京して二年のわたしにはなにひとつわからなかった。

「自分で調べてごらん。ひとつ知ってる駅が増えるよ」

その先輩はヒゲを整えながら、そんなふうに言ってくれた。

「そうか! そうします」

その日から、わたしもいつかは気の合う恋人と祐天寺で暮らそうと決めた。

時は流れて、未だ祐天寺には縁がないけれど、その街は「いつかは住みたい祐天寺」として丁寧に冷凍保存でもしたみたいに、いまも色褪せないままなのだ。


「え、祐天寺ってなにがあるんですか？」

そう言って、二十四歳の彼女は目を丸くする。無理もない。

「なにがあるってこともないけど、おしゃれなひとが住むのは祐天寺かなあって」

なにがあるって、そこにはわたしの憧れがあったんだよなあ。


「二十八歳で中目黒に住むのはどうですか？」

今度は隣に座るショートヘアの子の未来を決める。

「わたし、中目黒ですか！」

そうケタケタ笑うのが可愛い。

はて。この子は東京でひとり暮らしがしたいだなんて言ったろうか。朧げな会話の記憶にすこし不安になりながら、それでもまあいいかと続けてしまう。

「中目黒だろうなあ」

なにが見えているわけでもない。

ただ、中目黒とは二十代の終わり頃、よく出かけていた街だった。その頃はなんだか仕事も順調で、

「いつの日かこんなところにわたしも住めたならいいな」

と思っていた。

中目黒のちょっと変わった間取りの部屋に住んでみたい。代官山まで歩いて、本を買い込んで夜のカフェで読んだりするのだ。そこへ迎えに来るのは、仕事帰りの恋人だ。訪れるたびにそんな妄想を膨らませてみたけれど、やっぱりついぞ、そんな洒落っ気とは無縁のまま、ダラリダラリと時は流れていった。

その夜は、そんなことをたっぷりたっぷりと思い出した。


叶わなかった暮らし、縁のなかった街の記憶がシンシンと胸のどこかに積もっていく。それを抱えて、それを背負って、わたしは下北沢の１ＬＤＫでいま、サンダルにつま先を通して洗濯物を干したりしているのだ。

「祐天寺に、中目黒か……」

あの夜の彼女たちとの会話をふと思い出しては、なんだか無性に恥ずかしくて、それでもすこしたのしい気分になった。

洗濯ばさみにくつしたを吊り下げながら、ふと、

「たとえば六年前、調布じゃなくて祐天寺を選んで引っ越していたならどうなっていただろうか」

だなんてことも考えてみる。

調布にいたから通った店があって、調布にいたから見た映画があった。そして祐天寺に住めば出逢えていたはずの誰かとは出逢えぬまま、けれどそんなことはつゆとも知らずに今日を生きている。

それはとても当たり前で、だけどとても不思議なことに思えた。


東京に出てきて十二年。気がつけば、どこもかしこも「あの街」だらけになっている。

いつかは住みたい祐天寺。

もうひとつ成功をしたら中目黒。

泣いたりしなければ、もっと訪ねたはずの神保町。

わたしを太らせた下高井戸。

頑張った日にレイトショーを観た池袋。

恋人がやさしくて力持ちだった立川。

内見ばかり重ねた清澄白河。

はじめてひとを叩いた銀座。

最初の駅、田端。

最後には戻りたい場所、調布。

どれもこれも、下北沢にいたってまぶたの裏ではとても鮮やかに思い出すことができた。それだけじゃない。ふうっと前から吹いてくる風の感じや、匂いまでがよみがえってくるのだ。

そのどれもが、わたしには本当に特別だった。

「無駄に重ねたわけではないんだよなあ」

と改めて思う。

そして、好きだったドラマの好きな台詞をふと思い出した。

「行った旅行も思い出になるけど、行かなかった旅行も思い出になるじゃないですか」

本当にそうなのだ。住んだ街も思い出になるし、住まなかった街もまた印象強く思い出になる。選んだり選ばなかったりしながら、ジグザグジグザグここまで歩いてきた。ひとつひとつ積み上げて、叶った夢も叶わなかった暮らしも抱えて、わたしはいまここにいるのだ。

下北沢のベランダで、目を閉じるだけで「ふっ」とどこへでも行ける。それはとても手軽な旅行だった。そして思う。

「まだまだ、うんと途中か」

気づいた頃には、いちばん最初に干した薄手のシャツがもう乾き始めていた。

パーカーのコットンに陽が注ぐのを見ていると気持ちがいい。四月だというのに、季節は夏みたいだ。

わたしはいま、今日のこと、それからこの街のことも、とてもとても愛おしいと感じている。

「また新しく始めた街、下北沢」

そんなふうに予言しておくのだ。

好きよ、トウモロコシ。

母は五十歳を過ぎてから、ふたつ習い事をした。ひとつは駅の近くの「パソコン教室」だ。

「メールと調べ物しかできへんようじゃあ、これから先きっと困るでしょう」

そう言って、表計算なんかを中心に毎週熱心に勉強をしていた。そして、ほんの三カ月ほど経った頃、

「もう充分、わかったから」

という理由で卒業して帰ってきたのだった。

実際、母はわたしよりも、うんと実用的にパソコンを「わかる」ようになっていたし、父が商売を始めると、得意の表計算を用いて「経理担当」としてそれは見事に役に立った。

けれど、

「ほら、習っておいて良かったでしょう」

なんてことは特に言わない。まるで最初からなにもかもわかっていたような顔で、楽しそうにとてもよく働いた。

母のこういうところが、なんだかわたしにはおもしろくて仕方ないのだった。

そしてもうひとつの習い事は、わたしがすすめた。

自治会で運営されていた「絵手紙教室」だ。行けば、七十代や八十代の女性が主に集っていたらしい。

「今日ね、〝若いお嬢さん〟なんて言われたんよ」

いやあね、と言いながら母はとてもうれしそうに照れていた。大きな目をすこし伏せながら、まあるい頬を赤らめて笑う。

「ね、やっぱり行って良かったでしょう」

確かめるように言えば、

「まあね」

なんて素っ気なく答えるけれど、わたしは知っている。母は、

「案外いい趣味を見つけたぞ」

そう思っているのだ。

かつては編み物教室の先生をしていたほど、大層手先が器用なひとだったから、季節ごとの花や野菜なんかを味わい深く写実するぐらいのことは、朝飯前だった。けれど、ハガキサイズの小さなキャンバスに、なにをぎゅっと詰め込むのか。

「そこに、まだまだ考える余地があるぞ」

なんて思っているに違いない。当時、大学生だったわたしはそう考えていた。

「絵手紙セットは？」

「まだいい。これがあるから」

そう言って、母はわたしが小学校で使っていたボロボロの絵の具セットを見せる。

どういうわけか、絵手紙教室に通い始めても「絵手紙セット」というものを使いたがらなかった。それさえ買えば、便利な水筆や顔彩、パレットなどがまとまって手に入るというのに。

「ゆかちゃんの水彩画の道具があるから」

「描ければなんでもええから」

そんなふうに言うのである。たしかに、その頃のわが家の経済状況はあんまり芳しくなかった。けれど安価なのを選べば、二千円ほどの品なのだ。大事に使えば、無駄でもなかろう。それでも母は、けっして買おうとはしない。

「買えばいいやない」

「ううん、これで充分」

「パートも始めたんやから」

「ちゃんとお教室通いが続いたら買うの」

なんとも久々に、コツコツとレジ仕事を始めた母にとって、自分の趣味にお金を費やすなんてことは、あまりに贅沢だったのかもしれない。

結局、母の絵手紙教室に通う日々は引っ越してしまうまでの三年間続き、予想通り、その間「絵手紙セット」を手に入れることはなかった。

それでも汚れてボロボロになったわたしのお下がりの絵の具を使いこなし、見事な作品をたくさん描いた彼女を、やっぱりわたしはとてもおもしろいと思う。

そして「父は、母のこんなところが可愛かったんじゃないか」と思ってみたりもするのだった。


柿にインゲン、栗にいちご、れんげにさくら、ナスにゴーヤ……。

母はずいぶん色々と描いた。

そこに、「ひとつ、ふたつ、かわいい粒よ」「煮ても焼いても、うまいナス」なんて自分で考えた文句を、筆を使って器用に書き入れる。

あまり字には自信がないようだったけれど、それもまた〝味わい〟になるのが、絵手紙のいいところだ。

ただすこしさみしく思うのは、絵手紙はもちろん〝手紙〟であるから、母のもとにはひとつも残らなかったこと。

教室を辞めたあとも、母は時折こたつの上でひとり黙々と描いていたというから、数えれば相当な量になったのではないかと思う。けれども、その半数は亡くなった祖母のところへ、そして残りは親戚や友人のところへとそれぞれ旅立っていってしまった。

だから、いま見返すことができるのは、大学を卒業後上京したわたしへと届けられた六枚、ただそれだけなのだ。

わたしはそれをアルバムに入れ、なにかさみしいときや、丁寧に手をすすめるのが面倒になったときに眺めるようにしている。

親元を離れ東京へと越していった娘への便り。毎日のように電話では話し込んでいたけれど、それとは別にもうひとつ、惜しまずに自分の手間暇を送ってやりたい気持ちが、そこには詰まっていた。

「こんなにも好きよ」

というのが、ハガキのサイズには収まり切らずにこぼれ出ているのだ。そして、

「そうか」

とそっとひとりごつ。母は絵手紙教室でちゃんと、

「小さなキャンバスに、なにをぎゅっと詰め込むのか」

について、よくよく考え、その答えを見つけたのだろう。

「いい教室だったんだな」

と訪れたことのない場所のことを、わたしはそんなふうに思うのだった。

特にお気に入りのものがある。

それは、わたしが上京した年の八月に送られてきたもので、赤々としたトマトが「今が

いちばん美味しい季節」の文字とともに描かれている。

東京に出てきてはじめての夏、わたしは
「会社で神宮の花火を見る催しがあるから、お母さんも来えへん？」

と誘った。母はうれしそうに照れ臭そうに、新幹線でやって来て会社を訪れ、

「トイレがきれいなのは、いい会社なんやって聞いたの。ここのトイレ、すごいすごいきれいやった……」

なんて、目を輝かせて話してくれた。

トマトの絵手紙は、その直前に送られてきたもので、

「もうすぐ会えるね。お母さんの心はもう東京です」

と絵の下に小さく書き込まれているのだ。そのハガキを見るたび、ふっとあのときに戻ってしまうような感覚がある。

ひとりで迎える、東京の夏。わたしとて、母にどれほど会いたかったか。あんな田舎から出てきた自分が、今は神宮の花火が見えるビルでスーツを着て仕事をしているのだ。どれだけ早く見せたかったたか。安心させてあげたかったたか。

母の気持ちと同じように、ハガキのサイズでは到底収まりきらない気持ちが、今もポロポロとあふれ出す。とてもとても会いたくなるのだ。

しかしそんなとき、同時にまた残念で忍びない気持ちがお腹の底あたりからふつふつと立ち込めてくる。

ならば、なぜ返事を描いてやらなかったのだろうか。

ひとつでも返事を描けばよかったのに――。


わたしはいつも、絵手紙を読んだこと、とてもうれしく思ったこと、それらを電話越しに伝えていた。「ありがとうね」と笑って話していた。自分は一度だって筆を持たずに。

けれどそんな当時の自分に寄り添ってやるならば、その頃は毎日が目の前の東京で精一杯だったのだ。全身で東京をズンと受け止めるばっかりの日々だった。

一枚でも送ったなら、それはきっと母の宝物になったろうに、それをするにはあまりにもずぼらで、つまり、幼かった。

母のためなら、なんでもしたかったけれど、自分の時間を、手間を、送ってやりたいという気持ちなんてまだ若くて知らなかったのだ。


母がいなくなって、もう八年になる。

そして、わたしもそのぶん大人になった。今のわたしなら、なにかの時間を削ってでも、たっぷりと手間をかけて返事を書くのに。

新品の顔彩を買いに出かけ、上手に野菜を描き、一生懸命考えた言葉を添えるのに。

絵手紙を見るたび、そんなふうに思うけれど、母が欲しいのはそんなものじゃあないか……とも反省する。すこし、大人になりすぎてしまったのかなあ。

どんなことを書けば喜んだろうか、どんなことを伝えればもっと安心したろうか。今ふとポストに入れてみるなら、わたしはどんなことを書くだろうか。

気づけばいつも、そんなことを考えている自分が、可笑しくなる。

「適当な返事を出していたより、よほど時間を使っているかもしれないなあ」

届くわけじゃあないけれど、いつもいつも心で送っているのだ。


小さな筆ペンで、絵の下にそっと書き入れる伝言事項についてもあれこれと考える。

「もう神宮の見える原宿のあのビルでは勤めていないのよ」と伝えれば「それは知ってるわ」と母は笑うだろう。

そうだったそうだった。他にやりたいことができて、乃木坂のビルで働くようになったのも母は知っていたんだった。だけど「そのあとずっとずっと夢だったテレビ局に入ったのよ」というのは、間に合わなくて伝えられなかった。

そう、いちばん好きなテレビ局で勤めたのよ。だけど、すぐに辞めてしまったの。

……こんなことを伝えれば、また心配させてしまうだろうか。

とにかく、「今は、〝書くこと〟を仕事にしていて、幸せです」とだけ伝えればいいのかもしれない。

なんと言ってもキャンバスは小さいのだ。絵も描いて、それらしい文句も書いて。残りのほんの僅かなスペースを使い、伝言したい事項だけをそっと書き添えるのだから。もっと厳選しなくちゃあいけない。

けれど母に「どうしても伝えたいこと」は本当に本当に山積みなのだ。

「父とはそれなりに上手くやっています」

というのはやはり言わなければならないだろう。

母の前では、顔を合わせてもあまり仲良くは話さなかった。さぞかし心配しているだろう。けれど父もずいぶん丸くなって、わたしもこうして大人になって。

「二人きりの家族」になってからは、それなりに親子として上手くやっています、と伝えてもいいだろうと思う。

お父さんはあの細い膝がすこし痛いくらいで、変わらずまあ元気にやっているからね、というのも忘れず書こう。

それと、わたしの体の心配もするだろうけれど、すこしふっくらとしたぐらいで、特に何にも困っていないということも伝えたい。

母が大好きだった「田端」の家からは越してしまったけれど、今は「下北沢」という街で、おもしろいお店に囲まれて暮らしていること。大学の友たちとは、今も変わらず毎日のように連絡を取っていること。会社で仲良くしてもらっていた「みほちゃん」は去年かわいい赤ちゃんが産まれてママになったのよ、というのもずっと話したいことだった。

たくさんたくさんあった母の本は、「特に大事に読んでいた」と思うものだけわたしが引き取って大切にしているから心配いらないこと。三浦綾子さんに向田邦子さん、有吉佐和子さんなんかが好きだったでしょう。わたしだって最近は、そういうのを読むようになったんよ、だなんて胸も張ってみたいのだ。

なにより「アンタッチャブル」はちゃんとコンビで復活したのよ、というのだっておしえてあげたい。あんなに好きだったでしょう。ずいぶん戻るのに時間がかかったけれど、今は二人でまた漫才をしているからね。

それから野菜だってちゃんと食べている。相変わらず料理はずぼらだけれど、それでもちゃんと食べているから。

そうだ、いちばんびっくりすることをおしえてあげようか。わたし、あんなに嫌いだったコーンが食べられるようになったよ。

そうだ。このことを話せば、母はどんなに驚くだろうか。

コーンバターもトウモロコシの天ぷらもみんな食べるようになった。これは、びっくりしたでしょう。

それからお母さん、わたし、すごく好きなひとができたよ。

お蕎麦屋さんでそのひとが、あんまりおいしそうに「トウモロコシごはん」を食べるから。「食べられないんです」とはどうしても言えなかった。それでひとくち、ふたくち、口のなかに無理に押し込んでみたら、ふわっと甘くてぷちぷちとして、「なあんだ」って思っちゃった。ちっとも嫌じゃなかったの。

今はひとりでいるときにも、「トウモロコシのかき揚げください」なんてサービスエリアで言ったりする。それで、わたしはそういうときこそ、そのひとのことがすごくすごく好きなんだなあ、と自分でわかるの。お母さん、今わたしすごく幸せよ。

あのときお母さんがいなくなって。わたしは隣の席がポッカリと空いてしまったみたいに心細くて、どうにもこうにも過ごせない時期があった。

もちろん今もその席は空いているけれど、あんまりさみしくないよう、たくさんのひとが周りで助けてくれた。自分の机で文章を書く喜びも、大変さもずいぶんおしえてもらった。

そうして時間が経って、わたしの隣の席は、お母さんの反対側にももうひとつあるんだということに、ようやく気づいて。その席にきっと、トウモロコシのひとがそっと座ってくれた。会って欲しかったなあ。会えたならよかったのに。

お母さん、わたしもうすぐ結婚式をするよ。屋根も扉もない桜の生えた公園を選んだから。上からでも、彼のことよく見えたらいいけれど。器用じゃないけど、いいひとやで。

ああ、その公園ぐらい大きなハガキがあればいいのに。わたしは、お教室で習っていないせいだろう。限られた場所にぎゅっと閉じ込めることができず、こうしてぽろぽろぽろぽろといつまでも話していたくなってしまう。

ポストには入れないけれど。パッと目の覚めるような黄色で描いたトウモロコシのハガキが、ゆらゆらと母のところまで、届いているといいなと思う。

好きよ、
トウモロコシ。
好きな人ができたよ
トウモロコシを
おいしそうに
食べる人です
アンタッチャブル
は復活したただ
今は元気
です

おわりに

「文章書くって、ええやん」

そう気づいたのは、小学校一年生のときでした。遠足の感想文を書いてみても、学級日誌を書いてみても。なんだか大人がよく褒めてくれるのです。

運動が苦手なわたしにとってそれは、「得意かもしれないもの」との初めての出会いでした。

いま思えば、

「今日は三十一日。三十一といえば、阪神の掛布の背番号ですが——」

という書き出しの日誌を提出したときに、

「こんな子どもはおらへんで。文章を書く仕事をしい」

そんなふうに担任の先生に言われたのを、どうやらわたしは本気にしてしまったようです。

それからも、「暗いなかで、光が差すような出来事」というのを、わたしは人生で何度か経験しました。そしてそのどれもがやっぱり「文章を書くこと」によって生まれた瞬間ばかりだったように思います。

今回、この本を出版させてもらうことも、そうでした。

わたしの頭の上を、「ぱあぁっ」とあたたかい光が照らすような出来事だったのです。


「本を出そう」

と何度も何度も誘ってくださったhayaoki booksの高田順司さん。えらくのんびり、ぼんやりしているわたしを、見捨てずめげずに声をかけ続けてくださり本当にありがとうございました。なかなか踏み出せないわたしに、

「好きなことを書けばいい」

と言って、最後には、

「好きな編集者さんを呼んでくれてもいい」

とまでお気遣いいただき、ようやくわたしのなかにイメージが膨らみ、いつもの「ぱあっ」が訪れました。

そして、その「好きな編集者さん」の鼈宮谷《べっくや》千尋さん。鼈宮谷さんが読んでくれるから、わたしはこれを書いたのでした。もしも一生懸命に書いた原稿が風に吹かれて全部どこかにハラハラと飛び去ってしまったとしても。鼈宮谷さんが読んでくれたあとであれば、不思議と「まあ、いいか」と思えるだろうと思うのです。そういうひとがいることを、わたしはとてもとても幸せに思います。

喫茶店で珈琲の香りを嗅ぎながら、たくさんたくさん話を聞いてくださった装丁の中村妙さん、素敵なイラストを添えてくださった北村人さん。お二人のお仕事があったから、このとりとめもない小さな出来事たちは、一冊の本になりました。ラフを見せていただいたときの、あのうれしい気持ちはきっとこの先の暮らしでも、何度もわたしをうれしくしてくれると思います。

「ラジオのスター」こと、麒麟の川島明さん。いつの日も川島さんの声を聞けば、あたたかい気持ちで胸は溢れるのです。帯にもそんなお声を添えていただいたようでとてもありがたく思います。また、遠くからいつもそっと見守ってくださる糸井重里さんにも、改めてお礼申し上げます。宝物のような言葉をいただきました。本当にありがとうございます。

この本は最初、もうすこしおしゃれな名前でした。だけども、高田さんと鼈宮谷さんとお話ししているなかで、

「変な名前だけど、こっちの方が中前さんらしくていいんじゃない？」

「そうだねえ」

「そうそう」

ということに落ち着きました。

『好きよ、トウモロコシ。』

こんなおかしな名前の本を手に取ってくれたひとがいること、そして最後まで読んでくださったこと、なんだか信じられない気持ちです。
母にも助演女優賞を、父にも助演男優賞を贈りたいと思います。

この本を書くまでに関わってくださったすべての方に心から感謝いたします。本当にどうもありがとうございました。
できればどうか風にハラハラ飛ばされたりはせず、無事に書店に並びますように。どくりどくりと胸は鳴り、今か、今か、と祈るようにわたしは待ちわびているのです。

中前結花

中前結花（なかまえ ゆか）
兵庫県生まれのエッセイスト・ライター。
3歳から絵日記で毎日をつづり始める。
2010年に上京。会社員を経て独立し、
現在は多数のWebメディアで執筆中。
本書が初のエッセイ集となる。

好きよ、トウモロコシ。
2023年3月13日 初版第1刷発行
2024年6月30日 第2刷発行

著者 中前結花
発行者 高田順司
編集者 鼈宮谷千尋
デザイン 中村妙
イラスト 北村人
発売 株式会社hayaoki
発行 hayaoki books
印刷 株式会社シナノ

JASRAC 出 2210298-402

https://www.hayaoki.co/